新典社選書82

『源氏物語』の特殊表現

吉海直人 著

新典社

はじめに

私が『源氏物語』の特殊表現に興味を抱いたのは、卒業論文執筆の時からだった。要するに研究のスタート時点から、特殊表現に注目した研究を志していたわけである。その成果は、三十歳記念に自費出版した『源氏物語研究而立篇』（私家版）の第二部に「源氏物語の手法」として盛り込まれている。そこには「女にて見る」・「まことや」・「その頃」についての論が掲載されている。

その後、学位請求論文として上梓した『源氏物語の新考察』（おうふう）では、副題に「人物と表現の虚実」と記し、人物論と表現論の二方法から論じた。その第四章「表現の視角」には、「移り香」・「つら杖」・「この面かの面」・「手まさぐり」などが掲載されている。さらに源氏物語千年紀の折に『「垣間見」る源氏物語―紫式部の手法を解析する―』（笠間書院）を世に問うたが、そこにも「あらは」・「かうばし」という特殊表現が含まれている。

いつしか還暦を過ぎ、あらためて自分の研究の足跡を振り返ってみると、私がいかに特殊表現にこだわってきたかがよくわかった。そこで小さいながらも特殊表現のみで一書にまとめてみたいと思った次第である。その際、これまで自著に収録しているものの再録は避け、未収録のものだけに絞ることにした。

第一部「美的表現」は、「時めく」・「上衆めく」・「いまめかし」・「らうたげ」の四本で構成した。これらは単なる美的表現ではなく、『源氏物語』の特殊用法として見るべきものであることを論じている。第二部「特殊表現」には、「ひとりごつ」・「さしつぎ」・「さだ過ぐ」・「尻かけ」をまとめた。これらはこれまで看過されてきたものだが、特殊表現として注目すると、今まで見えなかったものが見えてくることを論じた。第三部「物語表現」には、「桐壺」・「葵祭」・「格子」・「簾」・「丈高し」・「いさよふ月」を所収した。こういった平凡な表現にこそ、常識の落とし穴が潜んでいることを論じた。

本書に所収している個々の論は、必ずしも相互に響きあっているわけではないが、その一つひとつはどれも『源氏物語』を読む際のキーワードであり、これらの表現に注目することによって、格段と読みを深めることができたと思っている。『源氏物語』には予想以上に特殊表現が多いようなので、こういった細かな研究の集積こそは、巨大な『源氏物語』の研究において必須であろう。

なお特にことわらない限り、引用本文・頁数は新編全集（小学館）に依る。

目　次

第二部　特殊表現

第三部　物語表現

第一部　美的表現

第一章　「時めく」桐壺更衣

一、最初の疑問

『源氏物語』の冒頭は、

いづれの御時にか、女御、更衣あまたさぶらひたまひける中に、いとやむごとなき際にはあらぬが、すぐれて時めきたまふありけり。（桐壺巻17頁）

と始まっている。今回ここで注目したいのは、「時めく」という語である。「時めく」の意味としては、新編全集の頭注五に「この時めくは、帝の寵愛を一身にあつめて栄える意」とコメントされている。参考までに小学館の『古語大辞典』で「時めく」を調べてみると、

①時勢に合って栄える。今を全盛としてはぶりがよい。

②寵愛されてはぶりがよい。

と記されていた。意味が二つに分かれているのは、①が本人自身が権力・勢力を有している（能動態）のに対して、②は帝などの寵愛を受けて後宮の女性などが栄える例（受動態）だからであろう。桐壺更衣の場合は、当然②ということになる。

ここで私が拘っているのは、原義的に権勢を得るとか時流に乗って栄える意味の「時めく」が、弘徽殿女御ではなく桐壺更衣に用いられている点である（その後入内した藤壺にも用いられていない）。か弱い女性とされている桐壺更衣に冠された「時めく」を、読者はどのように理解すればいいのだろうか。

そこで従来の見解を調べてみたところ、桐壺更衣の悲劇性と権力が矛盾しないように、精神面・愛情面のみの「時めく」が強調されていた。その代表例として北山谿太氏があげられる。北山氏は、

時を得・時を得て用ひらる・寵愛せらるなどの意。羽振がよいとか、勢力があるとか訳するのは不可。事実からいっても、桐壺の更衣は、勢力をふるふどころではなかったのであ

る。寵愛することは、時めかすといふ。

（『源氏物語の新研究桐壺編』（武蔵野書院）昭和31年5月）

と、わざわざ「羽振がよいとか、勢力があるとか訳するのは不可。」と論じておられる。これが現在まで継承されているのであろう。最新の三省堂『全訳読解古語辞典』でも、「「時めく」ものの栄えなかった桐壺更衣」という見出しをあげて、

寵愛を受けることで、はぶりよく栄える場合が多いが、常にそうとは限らない。②の用例は桐壺更衣の場合で、桐壺帝の愛情を一身に集めている意だが、それによって桐壺更衣が大きな勢力を誇って栄えていたわけではなかった。

と、北山氏と同じく桐壺更衣の用例が例外であることを強調している。普通、辞書の説明では例外までコメントすることはないのだが、あえて桐壺更衣の例をあげているのは、それだけ桐壺更衣の存在が大きいからであろう。

ここまでくると、二つの道が見えてくる。一つは従来の説を踏まえて、桐壺更衣の「時めく」が特殊用法（例外）であることを前提とすることである。もう一つは従来の説に疑義を唱えて、

桐壺更衣の「時めく」をあえて原義的な意味で読み直してみることである。はたして桐壺更衣の「時めく」は、本当に精神面のみの意味に限定されるのだろうか。そう考えた時、ひょっとすると読者は、先入観（幻想）で誤読している（させられている）のではないかという不安がよぎる。むしろ素直に桐壺更衣は時めいていて、後宮でそれなりの権勢を誇っていたと読むことはできないのだろうか（新編全集の頭注はそう解釈している？）。

かつて私はそういった桐壺更衣への先入観（誤謬）を暴くべく、政治的で「したたか」な側面を有する人物として考察したことがある。そこでは、

更衣は自らの最大の欠点であるかよわさを、むしろ女の最大の武器として、帝の寵愛を勝ち取っている。それは決して他律的に自然に帝の寵愛を受けたというのではなく、更衣自らの積極的な働きかけを通して勝ち取ったものであった。はかなさ・かよわさは男の同情（救助願望）を買う魅力たりうるのだ。そのため、ただただ帝の愛にすがる女性として描かれているけれども、桐壺更衣の後宮における生は、案外たくましいものではなかったろうか。少なくともどんなに追い詰められても、決して宮仕えを放棄してはおらず、むしろ堂々と誇りをもって、「まじらひ」続けているではないか。(1)

云々と論じた。その際、迂闊《うかつ》にも「時めく」については言及していなかった、というよりも思い至らなかったのである。そこで反省の意味も含めて、改めて「時めく」に注目してみた次第である。

確かに桐壺更衣の場合、「時めく」は必ずしもプラスに働いておらず、むしろ分不相応に寵愛を受けることが、その後の物語展開（秩序の回復へ向けて）の伏線ともなっているように読める。今まで看過されていた冒頭の「時めく」は、案外重要な言葉（伏線）だったのではないだろうか。

二、「時めく」の用例

「時めく」に関連して、北山氏は「寵愛することは、時めかすといふ」と、「時めかす」という語に言及されていた。要するに他動詞の「時めかす」と自動詞の「時めく」があり、それが相互に機能しているわけである。実は桐壺更衣にはその「時めかす」も用いられていた。ずっと後になるが、明石入道が桐壺更衣のことを、

故母御息所は、おのがをぢにものしたまひし按察大納言の御むすめなり。いと警策《かうざく》なる名をとりて、宮仕えに出だしたまへりしに、国王すぐれて時めかしたまふこと並びなかりけ

るほどに、人のそねみ重くて亡せたまひにしかど、この君とまりたまへるいとめでたしかし。（須磨巻211頁）

と回想している。この場合国王（桐壺帝）が更衣を「時めかす」ことで、更衣は「時めく」ことになる。たとえそれによって「人のそねみ」を買おうとも。

そこで「時めかす」を含めて、『源氏物語』における「時めく」関係の用例を調査してみたところ、全用例は二十六例であった。それを用語・巻毎に分類すると、以下のようになる。

「時めく」七例　―　桐壺・賢木・澪標・若菜上・若菜下・紅梅・竹河
「時めかす」四例　―　夕顔・葵・須磨・蜻蛉
「時めき」　―　ナシ
「心時めき」五例　―　朝顔・藤裏葉・匂宮・椎本・宿木
「御心時めき」二例　―　螢・紅梅
「心時めきす」八例　―　賢木・真木柱・藤裏葉・若菜上・総角・宿木・東屋・手習

これを大きく分けると、「時めく」系が十一例で、「心時めき」系が十五例となる。また「時めき」系は北山氏が触れておられたように、寵愛する側の「時めかす」と寵愛される側の「時めく」に二分される。用例を見渡したところ、特に目立った偏りは認められない。

このうち用例数の多い「心時めき」については、小学館『古語大辞典』に、

何かを期待したり、予想したりするときに、胸の鼓動が早くなるような状態をいう。しかし類似語の「胸つぶる」と異なり、この語の方は悪い事態の予想には用いられないようである。

とある。『枕草子』に「心ときめきするもの」という章段があることでもわかるように、使い勝手のよい言葉であり、しかも「胸つぶる」と比較することができそうなので、それなりの重要性も認められる。(2) ただし本論の考察からは除外することにした。

対象となる桐壺更衣以外の「時めく」は、以下の九例である。

1かくことなることなき人を率ておはして時めかしたまふこそ、いとめざましくつらけれ。

(夕顔巻164頁)

2故宮のいとやむごとなく思し時めかしたまひしものを、軽々しうおしなべたるさまにもて

なすなるがいとほしきこと。（葵巻18頁）

3やむごとなくもてなして、人柄もいとよくおはすれば、あまた参り集まりたまふ中にもすぐれて時めきたまふ。（賢木巻101頁）

4春宮の御母女御のみぞ、とりたてて時めきたまふこともなく、尚侍の君の御おぼえにおし消たれたまへりしを、（澪標巻300頁）

5されど、人よりはまさりて時めきたまひしに、みないどみかはしたまひしほど、御仲らひどもえうるはしからざりしかば、（若菜上巻20頁）

6あやしくにはかなる猫のときめくかな。かやうなるもの見入れたまはぬ御心に、（若菜下巻158頁）

7いと時めきたまふよし人々聞こゆ。かかる御まじらひの馴れたまはぬほどに、はかばかしき御後見なくてはいかがとて、北の方そひてさぶらひたまふ。（紅梅巻42頁）

8はなやかに時めきたまふ。ただ人だちて心安くもてなしたまへるさましもぞ、げにあらまほしうめでたかりける。（竹河巻91頁）

9それに、さるべきにて、時めかし思さんをば、人の譏るべきことかは、ただ人は、はた、あやしき女、世に古りにたるなど、（蜻蛉巻241頁）

これらの用例について、話者ではなく誰が誰に対して「時めく」「時めかす」を用いているかを示してみると、次のようになった。

1源氏　↓　夕顔　2故前坊　↓　六条御息所　3朱雀院　↓　朧月夜
4朱雀院　↓　東宮女御　5朱雀院　↓　藤壺女御　6柏木　↓　唐猫
7東宮　↓　大納言大君　8冷泉院　↓　玉鬘大君　9帝　↓　受領の女

桐壺巻（桐壺帝↓桐壺更衣）を含めて、対象（主語）になっているのはほぼ天皇・東宮・上皇であり、「時めかされる」のは後宮の女性である。そのため敬語の「給ふ」が付いている。「時めかす」主体としては朱雀院の三例（3・4・5）が一番多い。例外は1の源氏と6の柏木である。特に柏木の例は女三の宮の唐猫を寵愛したというケースであるが、猫が擬人化されることで大げさな比喩表現になっている。これも例外とすべきであろうか。なお『枕草子』にも「譲り葉」を擬人化して、

なべての月には、見えぬものの、師走のつごもりのみ、時めきて、（94頁）

とある。こういった例は寵愛や権勢とは無縁の比喩的用法であろう。

以上の用例で押さえておきたいのは、６の猫以外すべて対象が女性に向けられている点である（猫も女三宮の分身とすればめす猫？）。どうやら『源氏物語』は、「時めく」を後宮の女性に限定して用いているようである。また朱雀院の例が顕著なように、一人だけが「時めく」わけではなく、複数の女性に使用されていることにも留意したい(3)。

ただしその度合いは違っており、朧月夜は「すぐれて時めきたまふ」、東宮女御は「時めきたまふこともなく」（打消し）、藤壺女御は「人よりはまさりて時めきたまひし」となっている。そういえば桐壺更衣の例は二例とも「すぐれて」とあった。こうなるとただ「時めく」だけでは寵愛の度合いは低いことになる。

では『源氏物語』以外の用法はどうなっているのであろうか。

三、『源氏物語』以外の用例

参考までに『源氏物語』以外の用例を確認しておきたい。まず『古典対照語い表』（笠間書院）を見ると、

「時めかす」四例　　大鏡4(4)

「時めく」八例	蜻蛉1	枕草子3　大鏡4
「時めかしおぼす」一例	大鏡1	
「心時めき」九例	枕草子8	徒然草1

とあった。前述のように『枕草子』の「心ときめき」の用例が突出していることがわかる。また『大鏡』の用例数も全体的に多いといえそうだ。

これだけでは材料が不足しているので、ここに漏れている作品の用例を調べてみたところ、次のようになった。

うつほ物語	時めかす4	時めく8	心時めき4
落窪物語	時めかす1	時めく1(5)	
住吉物語		時めく2	
栄花物語	時めかす6	時めく2	
夜の寝覚	時めかす1		心時めき6
浜松中納言物語	時めかす1	時めく4	心時めき3
狭衣物語		時めく3	心時めき5

とりかへばや物語　時めく1　心時めき3
松浦宮物語　時めかす1　時めく1
無名草子　時めかす2

これを見ると、「時めく」は上代の文献に用例がないことがわかった。『竹取物語』や『伊勢物語』にもないが、取りあえずは中古語としておきたい。初出は『うつほ物語』ということになる。しかも最初から『源氏物語』を上回る用例が用いられている。こうしてみると、比較的多くの作品に用いられている言葉であることになる（用例数も必ずしも少ないわけではない）。

早速『うつほ物語』の十二例（「心時めき」を除く）を調べてみたところ、以下のようになった。

1帝は時めかしたまふこと限りなし。（忠こそ巻209頁）
2女御たちをも見ならして、帝限りなくときめかしたまふ。（忠こそ巻218頁）
3かくあやしき人の、いかで時めき給ふらむ。（忠こそ巻230頁）
4いとかしこく時めきて、ただ今の殿上人の中に、仲頼、行政、仲澄にまさる人はなし。（嵯峨の院355頁）

5仲頼らがけしからぬ者に、よき女いと多くつきてなむ時めかすめる。（吹上上巻395頁）
6時めくことは藤中将と等し。（吹上下巻538頁）
7東宮の学士になされなどして、時めくこと二つなし。（菊の宴巻43頁）
8かくて時めきたまふこと限りなし。（あて宮巻154頁）
9帝のいみじく時めかしたまひて、この頃も、とく参りたまひねとのみこそは、度々ある御
　文を見ればあめれ。（蔵開上巻374頁）
10上に限りなく時めかされたてまつりたり。（蔵開上巻434頁）
11あぢきなの歎きや。時めく人はさこそは。（蔵開下巻580頁）
12二つなく時めきて、子をただ生みに生めば、（国譲下巻252頁）

これを誰が誰に対して用いているかで示すと、以下のようになる。

1帝　↓　橘千蔭　　2帝　↓　忠こそ　　3帝　↓　忠こそ
4帝　↓　仲頼　　5妻達　↓　仲頼　　6帝　↓　源涼（藤原仲忠）
7帝　↓　藤英　　8東宮　↓　あて宮　　9帝　↓　御息所
10帝　↓　仁寿殿女御　　11東宮　↓　あて宮　　12東宮　↓　あて宮

『源氏物語』同様、『うつほ物語』も帝や東宮が時めかす側になっている。ただし時めかされるのは前半が男性官人となっている。その中で5だけがやや特殊だが、これは仲頼自身が謙遜・自嘲を含めて語っていることなので、例外としてよさそうである。後半になると、後宮の女性を寵愛している例に変化している。特に用例8・11・12は東宮があて宮を寵愛している例である。

『うつほ物語』の用例は、基本的に辞書の説明に一致しているといえる。ただし4や6のように、複数の男性が同時に寵愛されている点には留意したい。6など涼が仲忠と等しく寵愛されているとあり、序列なしに二人同時に同じくらい寵愛されていることになる（ただし男色ではない）。その意味では、「時めき」は絶対的な重みを有しておらず、案外軽く用いられていることになる。そのため「限りなく」（四回）・「いとかしこく」・「いみじく」・「二つなく」（二回）といった程度をあらわす修飾語を伴って用いられることが多い。

女性の例を見ると、9は詳細不明だが、あて宮に三例も集中している点に注目したい。ただしあて宮はもともと高貴な身分であり、寵愛されて当然の人だから、桐壺更衣のような物語展開は認められない。むしろあて宮のような例が普通であって、桐壺更衣の方が特殊なのではないだろうか。

次に継子譚の『住吉物語』と『落窪物語』の「時めく」を見ておこう。『住吉物語』には『源氏物語』のような後宮描写はないものの、二人妻の優劣ということで物語の冒頭に、

今は昔、中納言にて左衛門の督かけたる人、上二人となん、かけて通ひたまひける。一人はときめく諸大夫の御娘なり。姫君二人おはしけり。中の君、三の君とぞ申しける。いま一人はゐんぎの帝の御娘にて、なべてならぬ人にておはしける。（17頁）

と「時めく」が用いられている。これなど諸大夫であるから、帝が直接寵愛する意味ではあるまい。むしろ経済的に豊かな成り上がり者という意味で考えたい。もう一例、男主人公（中将）のことが、

世にときめきめでたき人なれば、いかがせん、（104頁）

とされている。(6) これも合わせて『住吉物語』では、二例とも男性に用いられていることに留意したい。『うつほ物語』同様、これが普通の用法ではないだろうか。

また『落窪物語』にも、

左大将殿の左近の少将とか。かたちはいときよげにおはするうちに、ただ今なり出でたまひなむと人々褒む。帝も時めかしおぼす。御妻はなし。（巻一89頁）

とある。これは男主人公（少将）の例である。ただし『落窪物語』にはもう一例、

御妹、限りなく時めきたまひて持たまへり。（176頁）

と出ている。これは中将（少将から昇進）の妹女御が帝の寵愛を受けているという例である。それが兄の中将の権勢を支えているわけだが、あて宮同様後宮女性の例として押さえておきたい。

以上、『源氏物語』以前の用例を見てきた。その結果『うつほ物語』以下、男性を対象とする「時めく」が多いことがわかった。それに対して『源氏物語』では、ほぼ女性ということで用法が偏っていることになる。また『うつほ物語』のあて宮など、本来身分の高い女性に用いられており、その方が普通の用法と思われる。身分の低い桐壺更衣に用いられる『源氏物語』は、それが不安材料というか、いまわしい事件の予兆となっているのではないだろうか。その

意味で桐壺更衣の「時めく」は、特殊用法といえそうである。

四、「めざまし」との対応

ここでもう一度はじめの疑問に戻ってみたい。本来の「時めく」は、時勢にあってはぶりがよい意味であった。ではそういう人が、誰かにいやがらせを受けるだろうか。「時めく」は案外ちっぽけなはぶりのよさなのかもしれないが、それにしても桐壺更衣は「すぐれて時め」いたのであるから、帝の寵愛を得てはぶりがよかったはずである。むしろいやがらせでもしようものなら、逆にひどい目にあわされるのではないだろうか。だからこそ、

はじめより我はと思ひあがりたまへる御方々、めざましきものにおとしめそねみたまふ。（桐壺巻17頁）

と、後宮の女御達から憎まれたのであろう。考えてみれば「上局」を賜ったのも、誕生した光源氏が東宮候補となるのも、更衣が「時め」いていたからではないだろうか。

これに類する例として、夕顔怪死事件があげられる。

かくことなることなき人を率ておはして時めかしたまふこそ、いとめざましくつらけれ。（夕顔巻164頁）

この話者を六条御息所の生霊と見れば、まさしく桐壺巻の弘徽殿と桐壺更衣の焼き直しということになる。桐壺更衣は身分不相応に帝の寵愛を独占したからこそ、弘徽殿をはじめとする後宮の女御達から「めざまし」と思われ、いやがらせを受けた。夕顔も光源氏から寵愛されたことで、面識もない六条御息所の恨みを買い、物の怪に取り殺される結果を招いている。

ここでは「めざまし」が使われていることに注目してみたい。というのも「めざまし」は、上から目線で用いられることが多い語だからである（差別語）。寵愛をうけた身分の低い女性に対して、身分高き女性が「めざまし」と思うことから事件が展開する（死に至る）。これこそ『源氏物語』における特殊用法であろう。

ついでに『源氏物語』以後の作品で、「時めく」と「めざまし」が同時に用いられている例を探したところ、『大鏡』師尹伝に、

かぎりなくときめきたまふに、冷泉院の御母后うせたまひてこそ、なかなかこよなくおぼえ劣りたまへりとは聞こえたまひしか。「故宮の、いみじうめざましく、やすからぬもの

に思したりしかば、思ひ出づるに、いとほしく、悔しきなり」とぞ仰せられける。（119頁）

とあった。これは村上天皇が芳子女御を寵愛した例である。芳子にはこれ以外にも、

御目のしり少しさがりたまへるが、いとどらうたくおはするを、帝、いとかしこくときめかさせたまひて、かく仰せられけるとか。

生きての世死にての後の後の世も羽をかはせる鳥となりなむ（118頁）

と記されている。和歌の「羽をかはせる」には「長恨歌」の「比翼の鳥」が踏まえられており、その点も桐壺更衣の構図と類似している。

それに対して村上天皇の安子中宮は弘徽殿の立場にあり、

中隔ての壁に穴を開けて、のぞかせたまひけるに、女御の御かたち、いとうつくしくめでたくおはしましければ、「むべ、ときめくにこそありけれ」と御覧ずるに、（149頁）

と芳子の美しさを見て、嫉妬のあまり土器の破片を投げつけている。この芳子には都合三度も

「時めく」が用いられており、また弘徽殿役の安子に「めざまし」がられている点、歴史的にはこちらが『源氏物語』より先ではあるが、描写としては『大鏡』が桐壺巻を踏まえて書かれているといえそうである。それ程インパクトのあるものだったのだ。

次に『今鏡』「皇子たち第八腹々のみこ」には、

ことのほかにときめき給ひしかば、后の御方のめざましく思ひあひて、人の心をのみはたらかし、世人も、あまりまばゆきまで思へるなるべし。（講談社学術文庫下巻343頁）

と書かれていた。これは崇徳院が兵衛佐という女房を寵愛した記事であるが、后が「めざまし」と思っているだけでなく「人の心をのみ」・「世人」・「まばゆき」など、桐壺巻冒頭の表現が鏤《ちりば》められている。また身分低き女性の寵愛という点でも共通しているので、『今鏡』は『源氏物語』の描写を積極的に引用していることがわかる。

また『松浦宮物語』は氏忠（男性）の例であるが、中国において才能を発揮したことで、

すべて本の国の人、及びがたくのみあるにつけて、人はめざましう思ふかたもあれど、〈中略〉あはれに御覧ずれば、いみじう時めかさせたまふ。（32頁）

と、やはり帝からの「時めかす」と「めざまし」が同時に用いられている。これなど男性の例であるから内容面ではなく、単に桐壺巻の描写が表層的に引用されていることになる。

ついでに「めざまし」は共有していないけれど、明らかに桐壺更衣を模倣しているものをあげておきたい。例えば『狭衣物語』の、

　女御、御息所、あまたさぶらひたまへど、すぐれて時めきたまふもなし。（158頁）

は、一見して桐壺巻のパロディ（打消し）になっている。さらに「今まで后も立ちたまはぬなるべし」（同頁）ともあって、后の不在という設定までも桐壺帝の後宮に類似させている。ただし桐壺更衣のように「時めきたまふ」女性が不在という設定の中で、嵯峨院の女一の宮が入内している。『狭衣物語』では桐壺更衣を飛び越えて、むしろ藤壺のパロディとなっていることになる。

次に『今鏡』の「すべらぎの下第三男山」はどうだろうか。

　しのびて参り給へる御方おはしましして、やや朝政もおこたらせ給ふさまにて、夜がれさせ

給ふ事なかるべし。いとやむごとなききはにはあらねど、中納言にて御親はおはしけるに、〈中略〉日に添へて類なき御志にて、ときめき給ふほど、ただならぬ事さへおはしければ、
（講談社学術文庫上巻412頁）

これは鳥羽院が美福門院得子を寵愛した記述である。「めざまし」はないものの、「いとやむごとなききはにはあらぬ」という表現のみならず、「朝政もおこたらせ給ふ」などが桐壺巻と共通している。また父の身分が低いこと、寵愛の結果として御子を出産していることなど、明らかに桐壺更衣の引用であることが読みとれる。

結

以上、「時めく」に注目して総合的に用例を調査してみた。その結果、本来「時めく」は辞書的な用法で使用されていたが、『源氏物語』に至って使用範囲を後宮に限定し、しかも身分低き女性が寵愛されるという特殊な設定になっていることが明らかになった。だからこそ他の高貴な女性達の恨みを買い、その結果死に至るという展開になっているのである。『源氏物語』の「時めく」は従来とは異なる特殊用法であり、悲劇的な展開の伏線（キーワード）となっていると読みたい。

ただしそれは必ずしも意味が特殊なのではなく、本来は「時めく」にふさわしい身分の女性に用いられていたものが、『源氏物語』に至って身分不相応な桐壺更衣に用いられたことが最大のポイントであった。中でも差別語「めざまし」を含むものは、それによって上下関係の対立が明確になり、だからこそ秩序を回復する方向（死による退場）に展開しているのである。

その桐壺更衣の悲劇的な物語があまりにも印象的だったために、以後の「時めく」にも大きな影響を及ぼしている。物語展開の契機といった重要な用法ではないものの、桐壺巻からの引用であることがわかるような表現になっている。それだけ桐壺巻の「時めく」は印象的だったのである。

注

（1）吉海「桐壺更衣の政治性」『源氏物語の新考察』（おうふう）平成15年10月

（2）「心ときめく」は現代では「時めく」として普通に使用されている。中世以降に「時めく」が衰退し、「心ときめく」が「時めく」として用いられるようになったのであろう。

（3）『蜻蛉日記』の「御陵やなにやと聞くに、時めきたまへる人々いかにと、思ひやりきこゆるに、あはれなり。」（152頁）も村上天皇に寵愛された女性が複数になっている。その一人である登子は、『大鏡』に「いみじうときめかさせたまひて、貞観殿の尚侍とぞ、申ししかし。」（162頁）とあり、「いみじう」が冠されている。

（4）『古典対照語い表』では、「時めかす4」・「時めく4」となっているが、新編全集『大鏡』では「時めかす3」・「時めく6」となっており、微妙に数が異なっている。

（5）旧大系の総索引によれば、「時めく」は2例あるが、新編全集ではそれが「時に」となっており、1例減少する。

（6）新編全集とは別に、新大系では「なかなか、おぼえすくなき宮仕よりも、時めかん上達部などに、あはせ給へかし」（316頁）となっている。同じく男性の用例だが、用いられ方が異なっている。

第二章　「上衆めく」と明石の君

一、問題提起

『源氏物語』桐壺巻には、帝に寵愛された桐壺更衣のことが、

おぼえいとやむごとなく、上衆めかしけれど、わりなくまつはさせたまふあまりに、さるべき御遊びのをりをり、何ごとにもゆゑあることのふしぶしには、まづ参上らせたまふ、
（桐壺巻19頁）

と描写されている。ここに用いられている「上衆めかし」は、「時めく」と同じく桐壺更衣の重要語と思われたので、かつて『源氏物語〈桐壺巻〉を読む』（翰林書房）の「鑑賞7」において、

「上衆めかす」という語は、「下衆」の反対語である「上衆」に「めかし」という接尾語（他動詞化）が付いたものだが、他に「あまり上衆めかしと思したり」（松風巻23頁）という例が見られる。また「めく」が付いて自動詞化した例として、「忍びやかに調べたるほどいと上衆めきたり」（明石巻93頁）もある。この二例はともに明石の君に関するものであるが、彼女にも桐壺更衣と同様に、いくら上衆めかしても根本的に上衆でありえないと言う悲しい現実（身分差）があった。こう考えると、明石の君こそが桐壺更衣の正当なゆかり（血縁）であることになる。藤壺のゆかりたる紫の上と明石の君の対比は、実はゆかりの二分化によって生じたものなのだ。（32頁）

とコメントしたことがある。さらに改訂版の補注8において、

用例は「上衆めかす」「上衆めく」合わせて全七例で、そのうちの四例までが明石の君に関するものである。（166頁）

と、明石の君を考える上でのキーワードたりうることを示唆しておいた。[1]しかしながら桐壺巻

の注という制約もあって、必ずしも明石の君の用例をきちんと論証しているわけではなかった。そこで本論では「上衆めく・上衆めかし」について、あらためて詳細に検討してみた次第である。

二、用例の分布

問題の「上衆めく・上衆めかし」という語は、どうやら用例の少ない語のようである。確認のために用例を広く調査してみた。手始めに『古典対照語い表』（笠間書院）を参照したところ、「上衆めく」が『源氏物語』五例・『紫式部日記』一例・『徒然草』一例となっていた。また「上衆めかし」は『源氏物語』二例のみあがっていた。

これを参考にしながら他の作品を調べたところ、次のような結果になった。

	上衆めく	上衆めかし	計
平中物語	1	1	2
うつほ物語	1	0	1
一条摂政御集	1	0	1
源氏物語	5	2	7

紫式部日記	1	0	1
紫式部集	1	0	1
狭衣物語	0	3	3
夜の寝覚	2	2	4
浜松中納言物語	1	0	1
無名草子	0	1	1
とりかへばや	1	0	1
木幡の時雨	0	2	2
徒然草	1	0	1
計	15	11	26

『万葉集』や『古今集』などの歌集には用例が見当たらないので、どうやら歌語ではなさそうである。また初出が『平中物語』まで下るので、とりあえず平安朝語と考えておきたい。といっても『落窪物語』・『蜻蛉日記』・『枕草子』・『栄花物語』などに用例は見られない。そのため全用例はわずか二十六例であった。それもあって「上衆めかし」は、動詞なのか形容詞なのかの判別がつけにくい。前著では他動詞としていたが、『夜の寝覚』に「上衆めかしく」とい

う連用形が認められるので、本論では「他動詞」説を撤回して「形容詞」としておきたい。

全体を見渡すと、用例が少ない中で『源氏物語』の「上衆めく」五例と『狭衣物語』の「上衆めかし」三例がやや目立っているようである。この「上衆めく・上衆めかし」は、「上衆(上種)」に接尾語の「めく・めかし」が付いて派生した動詞・形容詞と先に述べた。面白いことに『源氏物語』には名詞「上衆」の用例は見当たらない。(2) その派生語に「心」を冠した「心上衆」があるが、これも用例は非常に少ないようである。『源氏物語』には一切用いられておらず、平安後期以降の『無名草子』中の『夜の寝覚』の女君評に二例、『とりかへばや』に一例認められるくらいである。(3)

ついでながら「上衆」の反対語は「下衆」であるが、こちらは「下衆めく」・「下衆めかし」の例は認められない。そのかわりに「下衆下衆し」という形容詞が認められる。『源氏物語』に「下衆下衆し」は三例用いられているが、用例は東屋巻・蜻蛉巻・手習巻各一例と、宇治十帖にのみ用いられているので、これもやや特殊(非貴族的)な用いられ方がされていると言えそうである。(4)

こうしてみると、「上衆」・「下衆」に関しては、派生語を含めてかなり奇妙な言葉と思われる。

三、『源氏物語』以前の「上衆めく・上衆めかし」

『源氏物語』の用例を検討する前に、『源氏物語』以前の用例を見ておきたい。初出例としては前述の『平中物語』の二例である。まず「上衆めかし」は、

1　ささなみの長等の山の山彦は問へど答へず主しなければ
ことなることなき人の、いと上衆めかしければ、ものもいはでやみにけり。（467頁）

とある。ここは現代語訳に「とりわけどうということもない女が、たいそう身分のある女のような返歌をするので、馬鹿馬鹿しくて、それ以上、歌も言い掛けないで、やめてしまった」とあるように、「ことなることなき人」が「貴人らしく振る舞」っている例である。ここでの女の振る舞いは、かえって男からマイナス評価されている。身分と振る舞いが不一致ということで、これは『源氏物語』のマイナス用法に近いようである。

もう一例の「上衆めく」は、

2　勿来《なこそ》てふ関をばするゑであふことをちかたふみにも君はなさなむ

かういへど、この女さらにあはず、上衆めきければ、男いひわびて、ものもいはざりければ、（479頁）

と出ている。現代語訳は「お高くとまっている」とあり、やはり女の振る舞いは男から批判的にとらえられている。『平中物語』の二例はともに女性の例であり、本来貴人ではないのに「貴人らしく振る舞う」ことで、男からマイナス評価されるという用法に統一されていることになる。また二例とも和歌の直後に用いられていることにも留意しておきたい。

次に『うつほ物語』国譲上巻の、

3中納言ものもの給はず、涙をのみ流したまへば、おとど、いかばかり上衆めきたりし人ぞ、かう涙をも惜しまず、世の中を憂しと思ひたるを、おぼろけにはあらざめり、（125頁）

があげられる。これは正頼が実忠の振る舞いを見ての感想（心内）であるが、ここは「貴人らしい」で問題あるまい。というよりも実忠は正真正銘の貴人であるから、本来なら「めく」を付ける必要はあるまい。いずれにしてもここはそのままプラス評価としたい。なお『うつほ物語』は『平中物語』とは違って、男性の例であること、そしてプラス評価になっていることが注目される。

それに対して『一条摂政御集』では、

4はやうの人はかうやうにぞありけり。いまやうのわかい人は、さしもあらで上ずめきてやみなんかし。（『一条摂政御集注釈』5頁）

と出ている。これは『伊勢物語』四十段の、

むかしの若人は、さるすける物思ひをなむしける。今のおきな、まさにしなむや。（149頁）

を踏まえたパロディ仕立てになっている。そのため今の男性のマイナス評価となっているので、「上衆めく」でよさそうである。

では『源氏物語』と同じ作者の『紫式部日記』の例はどうだろうか。

5上臈中臈のほどぞ、あまりひき入りざうずめきてのみはべるめる。さのみして、宮の御た

め、もののかざりにはあらず、見ぐるしとも見はべり。（196頁）

本文には「ざうずめき」と仮名表記されているが、頭注七に「「上衆めく」で、貴人らしい様子をすること」とあるので、「上衆めく」の例としておきたい。「上﨟中﨟」は女房としては上位だが、宮仕えということでは貴人とは言えまい。その女房が「上衆めく」こと（パフォーマンス）は、決して宮（中宮彰子）のためにならないと非難している。この例は『平中物語』同様、「お高くとまっている」とマイナス評価されていることになりそうだ。

『紫式部集』の詞書にも「上衆めく」の例が拾える（歌語ではない）。

6　かばかり思そしぬべき身を、いといたうも上衆めくかなと、いひける人をききて、
　わりなしや人こそ人といはざらめみづから身をやおもひすつべき

これは紫式部の出仕にまつわることであるが、紫式部自身が「お高くとまっている」と批判されている。あるいは自身のそういった体験が、『源氏物語』に投影されているのかもしれない。

以上、『うつほ物語』の例を除くと、それ以外の例は全て女性であり、しかも本来貴人でな

いのに貴人らしく振る舞う場合にマイナス評価として用いられていることがわかった。『源氏物語』の例は、そのマイナス用法を継承・特化させていることになりそうだ。

四、「上衆」と「上手」

では次に『源氏物語』の用例を考えてみたい。全七例を巻ごとに分類したところ、

上衆めく	紅葉賀1	明石2	若菜下2
上衆めかし	桐壺1	松風1	

となった。用例が少ないので、この分類から顕著な特徴は看取できそうもない（「下衆下衆し」と対照的に宇治十帖に用例なし）。そこで視点を変えて、誰に使用されているかを調べてみたところ、前述のように明石の君に四例、桐壺更衣に一例用いられていることがわかる（他の二例は紫の上（紅葉賀巻）と不特定の男性（若菜下巻）の用例）。これはかなり偏った用いられ方ではないだろうか。

なお調査していて気付いたことだが、「上衆めく」の用例の中に、同音異義語の「上手めく」（「上手」の派生語）が混入しているようである。これについて、もう少し詳しく考えてみたい。

問題の「上衆」と「上手」は、仮名表記では同じく「じやうず（ざうず）」となり、しかもともに「めく」・「めかし」と結合しているので、大変見分けが付きにくくなっている。

そこで古語辞書を見たところ、小学館『古語大辞典』・角川『古語大辞典』ともに「上手めく・上手めかし」は立項されていなかった。さすがに岩波『古語辞典』では、「上手」の項に「上手めき」項が付いていたが、「上手めかし」はなかった。また小学館『日本国語大辞典第二版』では、「上手めかす」（他動詞）が立項されていたが、用例は近世の『浮世風呂』であった。要するに用例が少ないこともあって、「上衆めく・上衆めかし」と「上手めく・上手めかし」は、辞書ですら曖昧なままになっていたのである。[5]

しかし両者の意味ははっきり相違しており、「上手めく」は楽器演奏が巧み（上手）なことである。例えば紅葉賀巻の、

Ⅰおもしろう吹きすましたるに、掻き合はせまだ若けれど、拍子違はず上手めきたり。

（紅葉賀巻332頁）

は、新編全集では積極的に「上手」の漢字があてられており、意味も「巧みに・達人のように」となっている。ここはそれで問題なさそうであるが、「まだ若けれど」とあるように、紫の上

の演奏は必ずしも「上手」の域に達しているとはいいがたいことを押さえておきたい。同様に若菜下巻の、

Ⅱ次々、数知らず多かりけるを、何せむにかはと聞きいかむ。かかるをりふしの歌は、例の上手めきたまふ男たちもなかなか出で消えして、松の千歳より離れていまめかしきことなければ、うるさくてなむ。（若菜下巻174頁）

も「上手めき」と表記されている。ここは歌のうまい男性を引き合いに出しているところなので、新編全集では「上手めき」と考えているのであろう。この例にしても「めき」とあることに留意しておきたい。

さて、問題の明石の君は琵琶の名手であるから、必然的に「上手めく」が使われている。それが若菜下巻の、

Ⅲ搔き合はせたまへるほど、いづれとなき中に、琵琶はすぐれて上手めき、神さびたる手づかひ、澄みはててておもしろく聞こゆ。（若菜下巻190頁）

であり、また明石巻の、

Ⅳみづからもいとど涙さへそそのかされて、とどむべき方なきにさそはるるなるべし、忍びやかに調べたるほどいと上衆めきたり。（明石巻266頁）

である。若菜下巻の用例は女楽の場面であるが、身分とは正反対に明石の君・紫の上・明石女御・女三の宮の順（おそらく上手い順）に描かれている。ここはプラス評価でよさそうである。

続く明石巻の用例について、新編全集の頭注三では「「上衆めく」は、貴人らしくふるまう、貴人らしく見える、の意。」とコメントされているが、ここも明石の君の琵琶の演奏に対するものなので、「上手めき」の方が妥当ではないだろうか。

以上のように明石の君に限って、「上衆めく」と「上手めく」の両方が用いられていることが明らかになった。そのため用例が倍増しているばかりか、その区別までもが不分明になっているようである。これに関して内藤聡子氏は、特にⅢの明石の君の例について、むしろ「上衆」と解すべきことを説いておられる(6)。

その根拠として引用されているのは、少女巻において頭中将が母大宮に語った、女の中には、太政大臣の山里に籠めおきたまへる人こそ、いと上手と聞きはべれ、物の上手の後にははべれど、末になりて、山がつにて年経たる人の、いかでさしも弾きすぐれけん。かの大臣、いと心ことにこそ思ひてのたまふをりをりはべれ、他事よりは、遊びの方の才はなほ広うあはせ、かれこれ通はしはべるこそかしこけれ。独りごとにて、上手となりけんこそ。めづらしきことなれ。（少女巻34頁）

である。頭中将は明石の君の琵琶の技量を「いと上手」と述べており、源氏もまた「上手」と肯定・評価していたことが語られている。つまり明石の君の琵琶の技量は、公私ともに「上手」とされているのだから、後になってわざわざそれを「上手めく」と表現するのは相応しくない（後退）ということで、ここはむしろ明石の君の人柄を表す「上衆めく」とすべきではないかというのが内藤氏の御論である。

ただし頭中将自身、明石の君の演奏を直に聞いているわけではないこと、これがあくまで会話の中での言説であることも考慮しなければなるまい。しかも内藤氏の論理は、「上手めく」は「上手」より劣ることが前提となっているようだ。確かに紫の上の例はそう考える方がよさそうである。しかしながらここにマイナス要素は認められそうもない。琴の演奏（プラス評価）の場合、「上手めく」は「上手」に劣るというのではなく、「上手」と同等の言い回しと考えたい。

五、『源氏物語』の「上衆めく・上衆めかし」

ここであらためて「上衆めく・上衆めかし」の用例を確認しておこう。『源氏物語』に「上衆めく・上衆めかし」は全部で七例あったが、その過半数の四例はむしろ「上手めく」とした方が良いことを述べた。そうなると検討すべき用例は残りの三例ということになる。それは以下のような例である。

①おぼえいとやむごとなく、上衆めかしけれど、わりなくまつはさせたまふあまりに、さるべき御遊びのをりをり、何ごとにもゆゑあることのふしぶしには、まづ参上らせたまふ、（桐壺巻19頁）

②淺からずしめたる紫の紙に、墨つき濃く薄く紛らはして、

思ふらん心のほどややよいかにまだ見ぬ人の聞きかなやまむ

手のさま書きたるさまなど、やむごとなき人にいたう劣るまじう上衆めきたり。（明石巻250頁）

③女君にかくなむと聞こゆ。なかなかもの思ひ乱れて臥したれば、とみにしも動かれず。あ

まり上衆めかしと思したり。　（松風巻416頁）

①は最初にあげた桐壺更衣の例である。ここに「おぼえいとやんごとなく[7]」とあるが、物語の冒頭では「いとやむごとなき際にはあらぬが」（桐壺巻17頁）とあったはずである。要するに帝の寵愛の深さと更衣の身分の低さが不一致なのである。そして更衣はたいそう高貴な身分ではないが、いかにも高貴な人のように見える、あるいは振る舞っているというわけである。しかしそれはそう見えるだけで、決して本質（女御）ではなかった。

「上衆めく・めかし」は非常にデリケートな語であり、これが付けられていることで、本来そうあるべきではないのに、という但し書きが付与される（差別語の一種）。そういった身分の人を寵愛することは、世間に納得されることではなかった。

その桐壺更衣の宿命が、②③の明石の君にも継承されている。②は筆跡のことだが、「やむごとなき人にいたう劣るまじう」とあるように、桐壺更衣と同じく本質は「やむごとなき人」ではないことが表明されていると見たい。もちろん筆跡に関しては、楽器の演奏と同様「上手めき」（プラス評価）とすることもできる。もしそうなら「上手めき」はプラス評価、「上衆めき」はマイナス評価と使い分けられていることになる。あるいは掛詞のような特種用法であろうか。

③は物思いに乱れて見送りに出てこない明石の君に対する源氏の感想である。ここは「あまり」とあるように明石の君の行き過ぎた態度が、かえって源氏から非難されている（マイナス評価）[8]。これなど『平中物語』や『紫式部日記』に通底する用法であろう。

繰り返すが、「上衆めく・上衆めかし」の全三例は、桐壺更衣に一例、明石の君に二例（筆跡を除くと一例）用いられていることになる。この二人は血縁関係にあり、また総体的に身分がやや低いという共通性を有していた。その二人が少ないながら全用例を分け合っているのである。というよりも、桐壺更衣の立場を明石の君が継承しているのである。

そもそも「上衆」というのは、それだけで高い身分の人であることを意味した。それに「めく・めかし」という接尾辞が付くことで、本来そうでない人がそのように見える、あるいはそう振る舞っていることを表すことになる。もしそうなら、「めく・めかし」にはそうでない者の悲哀のようなものさえ看取できるのではないだろうか。桐壺更衣は、更衣の分際で桐壺帝の寵愛を受けたことが悲劇の始まりであった。だからこそ弘徽殿女御達に「めざまし」と思われたのである。同様に明石の君も、源氏から身分不相応に寵愛されたことで、紫の上から「めざまし」と思われている。二人は相似形であり、紫のゆかりとは別のもう一つのゆかりと見ることもできる。

六、『源氏物語』以後の用例

ついでに『源氏物語』以後の例も見ておきたい。『狭衣物語』の最初の例は、飛鳥井の女君の筆跡について、

7　渡らなん水増さりなば飛鳥川明日は淵瀬になりもこそすれ

と、その行ともなく、書きすさみたるやうなる筆の流れなど、わざと上手めかしからねど、なべてならずをかしう、らうたげにて見ゆるに、思ひなしにや。（巻一125頁）

とある。漢字は「上手」があてられており、そのため現代語訳も「上手ぶっているわけでもないが」と訳されている。『源氏物語』の②は「上衆」であったが、ここは書の上手下手と解している。それならプラス評価となる。打ち消しを伴っていることがややこしい。あるいは飛鳥井の女君ということで、明石の君同様に「上衆めかし」との二重構造と見ることもできる。二例目は東宮の筆跡であり、

8　頼めつつ幾夜経ぬらん竹の葉に降る白雪の消えかへりつつ

御硯の水いたう凍りけりと見えて墨枯れしたる、あてにをかしげなり。文字様などこそ、上衆めかしきところなけれど、ただ人のとは見えずぞありける。（巻二244頁）

とやはり否定的に記されている。漢字こそ「上衆」であるが、現代語訳では「練達という風ではないが」とあって、これは明らかに「上手めかし」の訳となっている。直前に「あてにをかしげ」とあるのだから、ここで再度「貴人めいて」と繰り返すことはあるまい。まして東宮の筆跡であるから、これは「上手めかし」（書道の腕前）と解すべきであろう。

三例目は、院の女御の筆跡について、

9文字様など、わざと上手めかしうはなけれど、墨つき筆の流れもあやしうなべてならずなまめかしげにて書き流したまへり。（巻四232頁）

とやはり否定的に出ている。院の女御も貴人であるから、「上衆めかし」とは解しにくい。以上のように『狭衣物語』の特徴は、三例すべてが筆跡についての例なので、「上手」に統一しても良さそうである。加えて『狭衣物語』では、打ち消しを伴った「めかし」で統一されている。しかも三例中二例には「文字様」・「わざと」・「筆の流れ」・「なべてならず」が共通しており、かなりパターン化された描写となっている。

『夜の寝覚』の二例は非常に近接したところで、

10秋風楽を、ただ今の折に合はせて弾きたまへる、すべて十余の人の琴の音とも聞えず、上衆めきおもしろき事かぎりなし。母君の御琴は、すごくあはれになつかしきところぞ、げに天人の耳にも聞き過ごさるまじくいみじき、これは、いとおもしろく美々しく、そぞろ寒く上衆めかしきこと、いまからすぐれたまへるに、（巻五492頁）

と、姫君の琴の演奏に関して用いられている。頭注二九では「「上衆めく」は、貴人らしい様子。高貴に感じられる」としているが、ここは琴の演奏についてのことであるから、演奏の腕前ということで、まずは「上手めかし・上手めく」の意味とするのが適切ではないだろうか。

残る二例は、

11さこそ上衆めかしくもてなし鎮めたれど、深くもあらぬ若き心地には、いと苦しく、背きがたくおぼえければ、（巻一72頁）

と、

12ただかうながら、恥あるべうもあらず。上衆めき、うつくしげなるさまを、うち傾きつつ、
（巻三232頁）

である。前の例は女房の新少将が、中の君の素性を中納言に明かす場面である。「貴人らしく振る舞」っていても、若い新少将には秘密を隠し通すことはできなかった、とあるのだから、これも偽物（マイナス）の「上衆」と解釈してよさそうである。二つ目は石山の姫君の筆跡に対する評価となっている。頭注四に、「「上衆めく」は、貴人としての品格を備えている意だが、ここは能書の素質があることを含めていよう。」とあるので、この例も「上手めき」とすべきではないだろうか。以上、『夜の寝覚』では四例中三例が「上手めき」でよさそうだ。

次に『浜松中納言物語』の例であるが、

13　ふるままにかなしさまさる吉野山うき世いとふとたれたづねけむ
墨つき、筆の流れ、まことしう上衆めきてうつくしきを、かたちはさこそ、前の世の功徳の報いならめ、さる、ひたぶるに世を棄て給へりし上の御かげにて、いとかう手をさへ書

きすぐり給ひけむと、あさましきまで、うち置きがたく見給ふ。（巻四328頁）

とあって、吉野の姫君の筆跡の評価に用いられている。吉野の姫君は高貴な人であり、身分的な劣等感などは存在しないので、ここは「上手めき」（能書）としたい。なお『平中物語』以後、『紫式部集』を含めて和歌の直後に用いられている例が多いことにも留意しておきたい。こうしてみると琴の演奏や筆跡に用いられている例は、「上手」の意味で解釈した方がよさそうである。

その他、『無名草子』にも一例認められるが、それは『狭衣物語』評の中に、

14「少年の春は」とうちはじめたるより、言葉遣ひ、何となく艶にいみじく、上衆めかしくなどあれど、さして、そのふしと取り立てて、心に染むばかりのところなどはいと見えず。（220頁）

と出ている。これは『狭衣物語』の本文引用部分ではなく、物語の文体が上品だという意味で用いられているのであるから、『源氏物語』のような悲哀も劣等感も看取されない。

次に『とりかへばや物語』の一例は、

15「あたら、いみじうおはするに、人を人ともせずもの遠く上衆めきたまへる」など、そればかりをぞ難に思ひきこえたりつるを、　（巻二309頁）

とあって、男装の女君の態度に対する批判を含んでいる。女君は上流貴族であるから貴人らしくというよりは、むしろお高くとまっているという意味（マイナス？）であろうか。男装の女君だけに、やや特殊な用法と言える。

『木幡の時雨』には、

16忍びやかに箏の琴をかきならす爪音いと上衆めかしう、御心にしみかへり、あはれと聞きおはす。　（中世王朝物語全集⑥12頁）

と、

17さしやりてかき鳴らし給ふ爪音まだ若けれど、上衆めかしう懐かしきほどなり。ありし爪音思しいづるにもあはれにて、　（同24頁）

の二例がある。前者は姫君の演奏する琴である。現代語訳は「たいそう上品で」としているが、ここは「上手」（演奏の力量）とすべきであろう。後者は姫君の妹の演奏である。(9) 紫の上と同様に「まだ若けれど」に続いている。これも「上手めかし」とすべきであろう。

なお『徒然草』の二三三段の末尾にある、

18万の咎は、馴れたるさまに上手めき、所得たるけしきして、人をないがしろにするにあり。（262頁）

は、男女や身分に関係なく「上手ぶる」としているが、下に得意がって「人をないがしろにする」とある点、むしろマイナス用法としての「上衆」とした方がよさそうである。

結

以上、「上衆めく・上衆めかし」に注目して、用例を総合的に検討してみた。その結果、新編全集の本文校訂において、「上衆」と「上手」が混同されていることが明らかになった。それを私に厳密に分けてみたところ、「上手」は演奏（十三例）や筆跡（五例）などの技能に集中して用いられており、プラス用法になっている。

それに対して「上衆」は、『源氏物語』において非常に特殊な使われ方をしていた。というのも、用例が桐壺更衣と明石の君の二人に集中しているからである。二人は単に血縁というだけでなく、共に身分的な低さという短所を有しており、それが「上衆めく・上衆めかし」のマイナス用法に顕著に表れていたのである。なお明石の君の用例が多いのは、「上手」の例が明石の君の琵琶の演奏や筆跡に用いられたことで、「上衆めく」・「上手めく」両方から二重に規定されているからである。

そもそも「上衆」とは身分の高いことを意味する語であるが、それに「めく・めかし」が付くと、本来は高い身分ではないが、いかにも身分高そうに見えるという意味になる。しかしたとえどんなに「上衆めく・上衆めかし」く見えても、それは虚構・幻想でしかなかった。だからこそ批判の意味も込められるのである。明石の君は、桐壺更衣の容貌ではなく、身分的な悲哀を継承したもう一つの「ゆかり」であった。その意味でも「上衆めく・上衆めかし」は、明石の君論のキーワードとして有効であろう。

それに対して『源氏物語』以外の例は、女性に付与されている『平中物語』の二例と『紫式部日記』の一例・『紫式部集』の一例、それに『夜の寝覚』の新少将の例が、『源氏物語』の用法に近いものであった。ただし『紫式部日記』や『夜の寝覚』の新少将の例にしても、一回的な女房の用例ということで、単なるマイナス用法に留まっている。そうなると女房とは異なる明石の君の例は、『源氏物語』の特殊用法と言ってよさそうである。こんな些細な表現からでも、物語の読みを深めることは可能であった。

注

（1）吉海『源氏物語〈桐壺巻〉を読む』（翰林書房）平成21年4月。なお本書は吉海『源氏物語の視角』（翰林書房）平成4年11月の改題テキスト版である。

（2）「上衆」の例は『源氏物語』以外にも用例は見当たらない。『うつほ物語』祭の使巻に「上衆の所にうち出でたるに」（506頁）とあるが、底本は「大す」なのでこの例は保留にしておきたい。

（3）加藤史子氏「『無名草子』物語論批評の方法―「心上衆」を手がかりとして―」高野山大学国語国文14・昭和62年12月参照。これにしたところで、意味の相違から「心上手」である可能性がある。

（4）類似した語に「上﨟・下﨟」がある。なお「上﨟」には「めく・めかし」ではなく「だつ」が付く。

（5）「上衆」の用例はないが、「上手・上手ども」はある。また「上手」の反対の「下手」は認められない。

（6）内藤聡子氏「『源氏物語』若菜下、女楽における琵琶叙述について―「上手めく」「上衆めく」をめぐって―」愛知大学国文学42・平成14年11月→『日本語の語義と文法』（風間書房）平成

19年1月参照。なお内藤氏は新大系の頭注が、「(明石君の) 琵琶は際だって気品があり、古風を伝えた弾き方は、音色も澄みきって興味深く聞かれる。「上手」は「下種」に対する「上す」か。「調べたる程、いと上ずめきたり」(二明石八三頁一三行) とあった。」(338頁) と「上衆」に傾いていることも指摘しておられる。

(7) 玉上琢弥氏『源氏物語評釈』の注に「帝の寵愛のことなら、「御おぼえ」と必ず敬語がつく。人々のおぼえである」(37頁) とあるが、そうなると冒頭の「いとやんごとなききはにはあらぬ」と齟齬しないだろうか。

(8) 本田義彦氏「源氏物語存疑「上衆めかしと思したり」」九州大谷国文17・昭和63年7月参照。なお本田氏は松風巻の解釈について、従来の「上臈ぶる」(マイナス評価) ではなく「上臈らしく」とすることで、源氏が明石の君をプラス評価していると解釈しておられる。いずれにせよ両用の解釈が可能な点こそ、明石の君の特徴と見たい。

(9) この後の展開は、『住吉物語』を下敷きにしており、三の君の「何心」ないおしゃべりから、中納言は姫君が三の君の姉 (中の君) であることを知る。ただし継子苛めの『住吉物語』と違って、『木幡の時雨』では中の君も母上の実子であるが、乳母の少納言が夫の右衛門督から寵愛されていた縁で、中の君を憎んでいるという設定になっている。

第三章　「いまめかし」く演出された玉鬘

序、問題提起

私が「いまめかし」に注目した理由は、主人公光源氏に対して、

・「いまめかしくもなり返る御ありさまかな。昔を今に改め加へたまふほど、中空なる身のため苦しく」とて、（若菜上巻85頁）

・「あなうたてや。いまめかしくなり返らせたまふめる御心ならひに、聞き知らぬやうなる御すさび言どもこそ時々出で来れ」とて、（同125頁）

とマイナスの用例が二例も存するからである。若菜上巻において、紫の上と明石の君が期せずして源氏を非難しているのは、一体どのような意味があるのだろうか。

そう考えて他の「いまめかし」の用例を調べたところ、『源氏物語』の中で「いまめかし」が使われる人物を用例の多い順にあげると、玉鬘七例、源氏七例、匂宮五例、紫の上四例、夕霧三例、宇治中の君三例となる。ここで玉鬘に対する用例の多さが目に付いた。玉鬘は六条院に引き取られるまで長く筑紫で暮らしており、到底「いまめかし」が似つかわしい人物とは思えない。それにもかかわらず用例が多いのは、「いまめかし」によって誰かから演出されているとは考えられないだろうか。

そこで本論では、プラスの意味の「いまめかし」によって評価される人間である玉鬘・紫の上・宇治の中の君、またマイナスの意味の「いまめかし」を与えられた源氏・夕霧や匂宮などを対象に、「いまめかし」の効果を再検討してみたい。

一、研究史展望

「いまめかし」についての研究は、古く犬塚旦氏をはじめとして、複数の研究者によって行われている。例えば犬塚氏は、「再び「今めかし」について」(1)において、

旧稿においてわたくしは新間進一氏の説を批判しつつ考察をすすめ、「今めかし」が「花やか」「ゆゑあり」「好まし」「らう」「かど」などとかよう面のあることを指摘し、しかも

つねに「ふりがたく」なくてはならぬという時間的概念につらぬかれているところにその
特色があるとした。

と書かれている。犬塚氏は「今めかし考」で「いまめかし」の周辺語句との関わり方を中心に論じられ、続く「再び「今めかし」について」では対象人物を検討しながら、「華麗」を意味する言葉との相違から、「いまめかし」の意味性格を検討しておられるのである。しかしながらそこで、

「今めかし」こそが、他の追随をゆるさぬまでとくに個性的に玉鬘なる人物をつよく支えていることを思うのである。源氏作者がこうした玉鬘をしばしば「めでたし」と評し、源氏・頭中将をして上述のごとく激賞させていることは、ひいて「今めかし」の高い価値性を助証するものといえないであろうか。

と言われている点が気にかかる。果たして玉鬘の「いまめかし」は、本当に玉鬘自身の美質なのであろうか。

河添房江氏も同様に、玉鬘十帖における「いまめかし」について取り上げられ、それが六条

院世界を覆う新しい美意識の露頭ではないかとされている。玉鬘十帖あるいは玉鬘自身に「いまめかし」の用例数が多いことは事実である。その点から「いまめかし」を玉鬘の特徴とすることは頷けるのであるが、しかし玉鬘の生い立ちなどを踏まえた上で再検討すると、単純に「いまめかし」を玉鬘の特徴とすること、また六条院世界を玉鬘の登場による「いまめかし」さとすることには疑問が生じてくる。

目に入りやすいのは、プラス評価の「いまめかし」である。もちろん『源氏物語』における「いまめかし」の用例は、マイナス評価よりもプラス評価の方が圧倒的に多い。しかし、皮肉などの感情が込められたマイナス評価をも用いることで、物語としての面白さがより一層引き立っていることに注目し、そのあたりの仕組みを究明したい。

ところで「いまめかし」は、小学館『日本国語大辞典』には次のように掲載されている。

①当世風でりっぱだ。目新しくてすぐれている。気がきいてしゃれている。現代風で若々しい。
②現代風で、はなやかである。にぎわわし。陽気である。
③現代風で軽薄である。はなやか過ぎて感心しない。きざっぽい。
④いまさらめいている。わざとらしい。改まっていて変である。

このうちの④は、鎌倉時代以降に見られる意味なので本稿では省く。要するに「いまめかし」は、①②のようなプラスの意味と、③のようなマイナスの意味両方を持ち合わせていることになる。『源氏物語』には「いまめかし」七十九例、「いまめかしげなり」一例、「いまめかしさ」一例、「いまめく」二十四例が使われている。これらの用例は、辞書の意味をそのまま単純に当てはめてよいものも少なくないが、『源氏物語』では他作品に比べて「いまめかし」という語が人物・場面・物事を表すのに効果的に使われているように感じる。

二、女性の用例

まず、プラス評価を与えられた玉鬘・紫の上・中の君の三人について検討してみたい。

a 玉鬘

玉鬘に関する「いまめかし」の用例は、これまでの研究でも指摘されている通り(2)、他の人物に比べると圧倒的に多い。その初出は、

撫子の細長に、このごろの花の色なる御小袿、あはひけ近ういまめきて、もてなしなども、

さはいへど、田舎びたまへりしなごりこそ、ただありにおほどかなる方にのみは見えたまひけれ、人のありさまを見知りたまふままに、いとさまよう、なよびかに、化粧なども心してもてつけたまへれば、いとど飽かぬところなく、はなやかにうつくしげなり。

（胡蝶巻178頁）

である。ここで田舎っぽさが抜けてきたように語られた後、しばしば付与される「いまめかし」表現のほとんどはプラス評価であった。それは本当に玉鬘自身の「いまめかし」さなのであろうか。

前述の河添氏は、

「いまめかし」は、年中行事や六条院の構成原理ばかりか、玉鬘十帖のかなめとなる女君ヒロイン玉鬘の性格や、その人が習熟に熱意をしめした和琴の音などをつらぬく基調となっている。すなわち、六条院流ともいうべき「今めかし」さの基調に、玉鬘という女君はぴったりと寄りそう存在なのであった。

と述べられている。(3) さらにその後で、玉鬘の「いまめかし」さは父内大臣の性格に負うもの、また玉鬘は光源氏世界の基調にも新風をふきこむ存在と述べられている。果たして玉鬘にそういった「いまめかし」さが、当初から備わっていたと言い切れるであろうか。本文を慎重に検討してみると、玉鬘が六条院に来た直後の記述に、

御しつらひよりはじめ、今めかしう気高くて、親兄弟と睦びきこえたまふ御さま容貌よりはじめ、目もあやにおぼゆるに、今ぞ三条も大弐を侮らはしく思ひける。（玉鬘巻133頁）

とあって、筑紫から来た人々は六条院の様子を「いまめかし」と感じている。この例から、玉鬘が登場する以前の六条院が、既に「いまめかし」い場所であったことが窺える。

では玉鬘自身は、最初から「いまめかし」かったのであろうか。玉鬘が六条院に「いまめかし」という新風を吹き込んだのであれば、それは玉鬘自身が「いまめかし」かったからである。しかし河添氏も分析しておられるように、玉鬘は夕顔の死後に西の京の乳母に連れられて筑紫で幼少の頃を過ごしたのであるから、都の雅な生活つまり「今風」な生活とはかけ離れて育ったはずである。たとえ乳母とその家族が、亡き夕顔の忘れ形見として大切に育てたとしても、田舎の生活では限界があるはずだ。六条院に入る以前の玉鬘に「いまめかし」の用例がないことからも、玉鬘の「いまめかし」さが本来のものでないことは容易に察せられる。つまり「い

まめかし」い世界を知らないはずの玉鬘が、たとえ父内大臣の血筋を引くことでそういった資質を備えていたとしても、[4]六条院世界に「いまめかし」を持ち込むことは不可能なのである。

　それにもかかわらず、玉鬘は何故「いまめかし」い女性として描かれているのであろうか。私はそこに光源氏の積極的な関与（演出）を考えたい。その証拠に玉鬘の「いまめかし」さは、

・対の御方よりも、童べなど物見に渡り来て、廊の戸口に御簾青やかに懸けわたして、いまめきたる裾濃の御几帳ども立てわたし、童、下仕などさまよふ。（蛍巻206頁）
・やむごとなくまじらひ馴れたまへる御方々よりも、この御局の袖口、おほかたのけはひいまめかしう、同じものの色あひ重なりなれど、ものよりことにはなやかなり。（真木柱巻383頁）

などとあるように、直接玉鬘の人柄を表すものではない。それは几帳・袖口などであり、こういった玉鬘に纏わるものは、源氏によって容易に仕立てられ、飾り付けられるものばかりである（胡蝶巻の装束の例も）。人物の内面は簡単に変えられるものではないが、外面に関しては、本人の意思はどうであれ、その人物を掌握している者によって表面的に飾り付けることができるのである。つまり玉鬘の「いまめかし」さは玉鬘自身の資質という以上に、源氏が付与・演

出したものだったのではないだろうか。

b紫の上

次に紫の上の「いまめかし」であるが、若紫巻で源氏と共に、

御遊びがたきの童べ、児ども、いとめづらかにいまめかしき御ありさまどもなれば、思ふことなくて遊びあへり。（若紫巻261頁）

と表現されて以降、

・親もなくて生ひ出でたまひしかば、まばゆき色にはあらで、紅、紫、山吹の地のかぎり織れる御小袿などを着たまへるさま、いみじういまめかしうをかしげなり。（紅葉賀巻320頁）

・対の上の御は、三種ある中に、梅花はなやかにいまめかしう、すこしはやき心しらひを添へて、めづらしき薫り加はれり。（梅枝巻409頁）

・あるべき限り気高う恥づかしげにととのひたるにそひて、はなやかにいまめかしくにほひ、なまめきたるさまざまのかをりも取りあつめ、めでたき盛りに見えたまふ。

・和琴に、大将も耳とどめたまへるに、なつかしく愛敬づきたる御爪音に、掻き返したる音のめづらしくいまめきて、さらに、このわざとある上手どもの、おどろおどろしく掻きたてたる調べ調子に劣らずにぎはしく、（若菜下巻190頁）

と、五例すべてがプラス評価として使われている。こういった紫の上の例も玉鬘同様、全て源氏に引き取られてからの用例であること、また必ずしも内面を指す「いまめかし」さではなかったことがわかる。唯一、若菜上巻の用例は内面的なものと言えなくもないが、この文は源氏の心情描写であって、源氏の納得のいく「いまめかし」さが紫の上に備わったということである。このように紫の上の「いまめかし」も、玉鬘同様に源氏に仕立てられたものだったと言えそうである。

c宇治中の君

中の君に関する用例は三例あるが、彼女に対する用いられ方も全てプラス評価である。

すべていと思ふことなげにめでたければ、御みづからも、月ごろ、もの思はしく心地のなやましきにつけても、心細く思しわたりつるに、かく面だたしくいまめかしきことどもの多かれば、すこし慰みもやしたまふらむ。（宿木巻474頁）

一つだけ注目すべきことは、中の君が宇治に住んでいた時には、一度も「いまめかし」の用例が用いられていないということである。もちろん宇治という場所が「いまめかし」に似つかわしくないわけだし、実際に宇治では中の君に限らず「いまめかし」の用例はまったく見られない。それまで「いまめかし」くなかった中の君が、急に「いまめかし」くなっているのである。これは前述した玉鬘や紫の上と同様、中の君から醸し出される内面的な「いまめかし」さではなく、宇治から都へと移り住んだことで、匂宮から新たに中の君に付与されたものと考えたい。

この三人の用例を考察した結果、すべてプラス評価で使われていることがわかった。その「いまめかし」さは、表面的には本人の美質と捉えてしまいそうであるが、実際には源氏や匂宮がそれぞれの女性に付与し、「いまめかし」く演出したものだったと考えたい。

三、男性の用例

今度は、マイナスの評価を与えられている男性三人、源氏・匂宮・夕霧について検討してみたい。

d 源氏

藤裏葉巻で源氏は准太上天皇という地位を与えられる。さらに明石の姫君の入内、夕霧と雲居の雁の結婚、巻末では今上帝と朱雀院の行幸と、華々しい出来事が記述されており、源氏一族が栄華を極めたことが物語られている。しかし、次の若菜上巻において女三の宮が六条院に降嫁したあたりから、源氏自身の栄光は徐々に崩れてきているように思われる。ここで最初にあげた「いまめかし」の二例をあらためて検討してみたい。

・「いまめかしくもなり返る御ありさまかな。昔を今に改め加へたまふほど、中空なる身のため苦しく」とて、（若菜上巻85頁）

・「あなうたてや。いまめかしくなり返らせたまふめる御心ならひに、聞き知らぬやうなる御すさび言どもこそ時々出で来れ」とて、（若菜上巻125頁）

前の用例は朱雀院の出家後に朧月夜と逢ってきた源氏に対して紫の上が、後は女三の宮との結婚を下に含んだ表現として明石の君が源氏に、それぞれ皮肉を込めて口にした言葉である。

源氏に用いられる「いまめかし」は、七例中三例がマイナス評価であった。本来「いまめかし」という語は今風が似合う、つまり若い年齢の人物に使われるべき語ではないだろうか。それを若菜上巻のように、ある程度年を重ねた源氏に使用することには、批判的な側面が感じられる。特に会話における批判である点が興味深い。

前述のように、源氏は六条院における「いまめかし」の演出家であった。その源氏がここで自ら「いまめかしく」仕立て上げた紫の上から、マイナスの「いまめかし」で逆に評価されているのである。そこに「いまめかし」の危うさがあった。本来完璧であるはずの主人公源氏が、「いまめかし」というプラス・マイナス両義を持ち合わせる語によって、あえて両面から描かれていることに留意しておきたい。

e 匂宮

匂宮も源氏同様、「いまめかし」がマイナス評価で使われることの多い人物である。五例中三例がマイナス評価であり、派手好みな性格に描かれているという印象は拭えない。マイナス評価の例としては、

風涼しく、おほかたの空をかしきころなるに、いまめかしきにすすみたまへる御心なれば、

いとどしく艶なるに、もの思はしき人の御心の中は、よろづに忍びがたきことのみぞ多かりける。　（宿木巻412頁）

という一文がある。これは匂宮が夕霧六の君と結婚した後のものであり、「もの思はしき人」とは宇治の中の君のことである。ここでは匂宮をマイナスの「いまめかし」と批判することによって、中の君の心情が浮き彫りになっている。

匂宮の年齢において、「いまめかし」は決して似つかわしくないものではない。また匂宮の性格も派手好きで、どちらかといえばマイナスに近い「いまめかし」が使われたとしても違和感はない。それらの点においては源氏の「いまめかし」とは異なっているが、それにしても前に中の君の用例で検討したように、匂宮も「いまめかし」の演出家であるという点で、源氏との共通性が見出せる。

f 夕霧

最後に、夕霧に使われる「いまめかし」は、

・「なやましげにこそ見ゆれ。いまめかしき御ありさまのほどにあくがれたまうて、夜深き

御月めでに、格子も上げられたれば、例の物の怪の入り来たるなめり」（横笛巻360頁）

・「もののはえばえしさ作り出でたまふほど、古りぬる人苦しや。いといまめかしくなり変れる御気色のすさまじさも、見ならはずなりにけることなれば、いとなむ苦しき。かねてよりならはしたまはで」（夕霧巻429頁）

と雲居の雁の口から発せられる二例と、蜻蛉巻で夕霧一族を指す例の計三例である。ここに挙げた二例が、どちらもマイナス評価であることに注目したい。そもそも夕霧という人物は、どちらかといえば実直な「まめ人」として描かれており、「いまめかし」という言葉、しかもそのマイナスの意味で用いられるのは似つかわしくないと考えられないだろうか。その夕霧にあえてマイナスの「いまめかし」を使うことは、どのような効果をもたらしているのであろうか。

ここで前述の源氏に使われた「なりかへる」を思い出していただきたい。夕霧に使われている「いまめかしくなり変る」は、その例に類似していることがわかる。この「いまめかし」は年甲斐もなく落葉の宮に懸想する夕霧に対し、雲居の雁が皮肉を込めて口にしたものである。つまり雲居の雁は、夕霧が「いまめかし」くなることを望んではいなかったのである。もちろん雲居の雁は紫の上や明石の君の言葉を聞いているはずはないので、雲居の雁にとっての「いまめかし」は、それを踏まえての発言ではない。しかしここで源氏に類似した「いまめかし」

を用いることによって、作者は読者に若菜上巻の例を想起させ、源氏と夕霧の見えざる親子関係（繰り返し）を強調しているのではないだろうか。読者の立場から考えると、夕霧はそれまで源氏とはあまり似ていない性格の持ち主という印象を受けていた。しかし夕霧は間違いなく源氏の子なのであり、その性格が受け継がれた部分こそがこの「いまめかし」なのである。

この三人に共通して言えることは、マイナスの「いまめかし」を与えられたということと、三人とも他の女性を演出しているということである。源氏・匂宮については先に述べた通りであるが、夕霧もまた娘六の君の演出家になっている。匂宮と結婚させた六の君は、

わざとはなくて、この人々に見せそめてば、かならず心とどめたまひてん、人のありさまを知る人は、ことにこそあるべけれ、など思して、いといつくしくはもてなしたまはず、いまめかしくをかしきやうにもの好みさせて、人の心つけんたより多くつくりなしたまふ。

（匂宮巻32頁）

とあるように、夕霧によって「いまめかし」く養育されていたのである。

このようにマイナスの「いまめかし」を与えられた三人は、同じように「いまめかし」の演出家ともなっていたことが明らかになった。

結、「いまめかし」の再評価

以上、『源氏物語』における「いまめかし」について、人物ごとの用例を再検討してきた。玉鬘・紫の上・中の君は、「いまめかし」さの設定において非常に類似している。と言うのもこの三人の「いまめかし」さは、本人の内面から生まれているものではないからである。これまでの研究では、玉鬘の用例の多さとそのヒロイン性から、「いまめかし」と玉鬘がぴたりと寄り添う存在として論じられてきた。

しかし重要なのは玉鬘に「いまめかし」の用例数が多いことではなく、その玉鬘の「いまめかし」さが源氏によって演出されているという点である。「いまめかし」さを単純に玉鬘自身の美質とすることは、その点の考察が不十分だったのではないだろうか。紫の上に関しても同じことが言える。この二人は、共に源氏によって「いまめかし」く作り上げられていただけなのである。私は「いまめかし」論の新しい視点として、それが演出・飾り付け可能な外面的なものであること、そしてそのコーディネーターが存在しうることをここで提示したい(6)。

源氏は造営した六条院を、他の人々に「いまめかし」く見せたかった。そのために六条院世界は、「いまめかし」さを必要としていたのである。源氏の目論見は、紫の上を自分の思うように育て上げ、さらに玉鬘をそこに加えたことによって見事に成功した。しかしそれは所詮外面の演出であって、内実まで「いまめかし」という美意識を作ることに成功しているとは言えない。それこそが「いまめかし」の危うい美なのである。

加えて若菜上巻以前の源氏は、「いまめかし」を演出する側の人間であった。しかし若菜上巻においては、マイナスの「いまめかし」によって逆に評価される側の人間になっている。紫の上や明石の君は、源氏によって造営された「いまめかし」き六条院世界で暮らす人物であった。その紫の上から源氏はマイナスの「いまめかし」で反撃されているのである。源氏と敵対している人間がこのような批判を行うのであれば何の問題もないが、最大の味方・理解者であるはずの紫の上や明石の君がマイナスの「いまめかし」を口にすることで、源氏の演出によって理想化されてきた六条院世界は、内側から崩されてしまうことになる。

この二重構造は夕霧と雲居の雁、匂宮と中の君にも継承されていた。夕霧の場合はさらに類似表現を用いることによって、源氏との親子関係までも想起させられていた。匂宮と中の君については、六条院世界の「いまめかし」と同じようには論じられないが、中の君には玉鬘や紫の上の状況がほぼ当てはまる。宇治という場では決して「いまめかし」くなかった中の君が、匂宮との結婚により「いまめかし」く作り上げられたからである。

六条院世界における「いまめかし」さの演出は、源氏にとっては完璧にプロデュースできたと思えるものであったかもしれない。しかしプロデューサーであった源氏が、自分が仕立て上げたはずの「いまめかし」き女性達からマイナス評価をなされてしまった時、私は物語の世界を演出しているのが作者であることを再確認することになった。

注

（1）『源氏物語』の「いまめかし」に関する主要論文としては、以下のようなものがある。新間進一氏「栄華物語の「今めかし」に就いて」国語と国文学23―12・昭和21年12月、犬塚旦氏「「今めかし」考」「再び「今めかし」について」『王朝美的語詞の研究』（笠間書院）昭和48年9月、河添房江氏「六条院王権の聖性の維持をめぐって―玉鬘十帖の年中行事と「いまめかし」―」『源氏物語の喩と王権』（有精堂）平成4年11月、助川幸逸郎氏「〈今めかし〉という方法―光源氏世界の栄華と衰頽をめぐって―」『源氏物語の視界四』（新典社）平成9年5月、池田節子氏「「いまめかし」考―玉鬘十帖の光源氏―」『源氏物語表現論』（風間書房）平成12年12月、内藤聡子氏「『源氏物語』における「いまめかし」について」愛知大学国文学36・平成8年3月。

（2）注（1）の犬塚氏、助川氏の論文において、玉鬘の用例の多さが指摘されている。

（3）注（1）の河添氏の論文より引用した。それに対して池田氏は、光源氏は本来「いまめかし」くない人物とされている。

（4）内大臣に対して「いまめかし」の用例は二例あり、また絵合巻においてはその娘弘徽殿側が「いまめかし」とされていることから、河添氏の言われるように、血縁関係にある玉鬘が内大臣の「いまめかし」さを継承することも否定できない。玉鬘が本来持っていたものを、源氏が引き出したと見ることも可能である。

（5）『源氏物語大成』（中央公論社）を調べると、「いまめかしくなり変れる御気色のすさまじさも」の部分は「いまめかしさも」という本文となっていた。しかし、源氏と夕霧の類似という観点から「なり変る」を伴うほうが読者へのインパクトを与えられるはずである。したがって『新編日本古典文学全集』（小学館）の本文を採用した。

（6）そうなると、玉鬘巻の「衣配り」についても、同様の視点から再検討しなければならなくなる。

第四章　「らうたげ」は男の目線

一、問題提起と先行研究史

光源氏の母である桐壺更衣は、はかなきがゆえに桐壺帝に寵愛された女性であった。ではこの「はかない女性」というイメージは、一体誰によって付与あるいは規定されたものなのだろうか。桐壺更衣に関しては、更衣を深く寵愛していた桐壺帝によって、その美しさが語られている。更衣の様子を描写している部分は桐壺巻に九例あるが、その中の五例が桐壺帝の視点によるもので、

なつかしうらうたげなりしを思し出づるに、花鳥の色にも音にもよそふべき方ぞなき。
（桐壺巻35頁）

のように、そのいずれの例にも「〜げ」という表現が用いられている。ここでは「らうたし」ではなく「らうたげ」であることに注目したい。[1]読者は桐壺帝の目を通して描かれた更衣像から、更衣の美的イメージを造りあげていることになる。果たして桐壺帝によって付与されたイメージを、本当の桐壺更衣と同一視してもいいのだろうか。

悲劇のヒロインである桐壺更衣については、多くの先行研究が存しており、[2]その中で大いに啓発されたのが三田村雅子氏の御論である。[3]それによれば、「桐壺更衣という人は帝の視線からは常に朧げに愛らしい女性として把握され」（361頁）ており、その描写は「あわれにいとおしい女への帝の主観的な把握のみが強調されていた」（362頁）とされている。さらに「周囲の視線が更衣への偏見と嫉妬によって歪められているのと同じように、帝の視線は更衣への愛によって逆方向に歪められていて、「〜げ」は、更衣への愛に溺れ浸《ひた》され、同情と哀れみ以外の一切が視野に入らなくなってしまった帝の更衣把握の一面性を際立てるべく強調されている」と述べられている。また「そのような帝の視線に対して、彼らの周囲に巡らされていた「楊貴妃のためし」という物言いは、帝の目には可憐なだけの女と見えた更衣にひそむ権力の野望と、妖婦性を強調する解釈の可能性を示すものであった」（362頁）とされ、「帝の目にはひたすらはかなげにかよわい女性と見えていた桐壺更衣も、彼女なりの誇りと意地と父の遺志を背負って、度重なるいやがらせにもしぶとく耐えてきたに違いない」（362頁）と断じておられる。これは大変示唆に富む解釈であろう。

また神尾暢子氏は、桐壺更衣は周囲の人々の「主観世界で把握される女性」（138頁）であり、「更衣に対して積極的表現や直接的表現を回避し」（141頁）て、「強固な女性でなく、環境も健康も、女性美までもが消極的で脆弱《ぜいじゃく》であったことを、印象づける」（141頁）ために婉曲表現を美的規定とした、と論じておられる。(4)このように桐壺更衣は主に桐壺帝の主観のみで形象されていた女性で、読者も桐壺帝が構築した桐壺更衣の虚像によって認識させられていたことになる。

ではこのことは他の女性達においては当てはまらないのであろうか。桐壺更衣と同じように「〜げ」で多く表現される夕顔や、冷たいイメージのある源氏の正妻葵の上、源氏の最高の理想像であり亡き桐壺更衣によく似た藤壺や、そのゆかりである紫の上・女三の宮など、『源氏物語』には多くの女性達が登場するが、これらの女性達は一体誰に見られ、誰によってその美しさが規定されているのだろうか。

本論では女性の美的表現の用例の中で、特に「らうたげ」という語に注目し、従来とは違ってその美的描写に何か特別な意味が込められているのかどうかを分析したい。この「らうたげ」は『源氏物語』に百例程認められるが、(5)使用頻度の高い女性をピックアップすると、夕顔・紫の上・女三の宮が浮上する。まずは光源氏視点からの描写において、初めから「らうたげ」という語が用いられて、その形容がほぼ変化することなく一貫している女性達（夕顔・紫の上・女三の宮）について一人ずつ検討していきたい。

二、夕顔・紫の上・女三の宮の「らうたげ」

a夕顔

最初に夕顔という女性は、最も「らうたき」女性として形象されていると言える。光源氏や頭中将はもちろん、生きている夕顔だけではなく、彼女の遺体に対してまでも「らうたげ」という語が用いられているからである。「らうたし」が二回、「らうたげ」が五回も用いられているのは特筆すべきことであるし、

> はなやかならぬ姿いとらうたげにあえかなる心地して、そこととりたててすぐれたることもなけれど、細やかにたをたをとして、ものうち言ひたるけはひあな心苦しと、ただいとらうたく見ゆ。（夕顔巻157頁）

と、一文中に「らうたし」と「らうたげ」が同時に用いられている例もある。もっともこの場合の「らうたく見ゆ」は、夕顔を見た源氏がそう思っているということなので、「らうたげ」

とほぼ同じ用法であろう。

「らうたげ」という語は、用例を総合的に考察した結果、身分や年齢・立場などが男性優位な時に用いられる傾向にあると言える。夕顔という女性は、ただただ男に従順で全てを受け入れてくれるような感じの女性として源氏の目に映っている。ただしそれが夕顔の本質であったのか、そう見えただけかは別問題である。その意味でも「らうたし」と「らうたげ」は明確に区別すべきであろう。[6]

とは言え源氏が夕顔の遺体に対してまでも、

・いとささやかにて、疎ましげもなくらうたげなり。（夕顔巻172頁）

・恐ろしきけもおぼえず、いとらうたげなるさまして、まだいささか変りたるところなし。（同巻179頁）

と見ている点、死んでいては演技のしようもないのだから、たとえ誤解だとしても、源氏の目にそう映ったということをこそ重視したい。要するに「らうたげ」は夕顔の美的形容という以上に、視点人物たる源氏の側の見方に問題があることになる。[7]

ここで話が少しずれてしまうが、桐壺帝から桐壺更衣に対する描写と、源氏から夕顔に対する描写の雰囲気が似ているということを指摘しておきたい。両女性ともにしっかりした後見がないため「心細げ」と表されており、また性質を表す語として「らうたげ」が用いられている。どちらの女性も男性を虜《とりこ》にするようなはかなさやかよわさを持ち合わせており、それによって深く寵愛されたが、その恋が女性の死によって終わるという点においても共通する（親子の繰り返し？）。

b紫の上

二人目として、藤壺の形代として連れてこられた紫の上について考えてみたい。彼女もほとんどの描写が源氏の視点からなされている。紫の上は源氏よりもずっと年下であるため、「らうたげ」七例や「うつくしげ」九例という語が、幼い者に対する用法として存する。例えば、

・つらつきいとらうたげにて、眉のわたりうちけぶり、いはけなくかいやりたる額つき、髪ざしいみじううつくし。（若紫巻206頁）

・女君、ありつる花の露に濡れたる心地して、添ひ臥したまへるさま、うつくしうらうたげなり。（紅葉賀巻331頁）

などがそれである。しかし次の例は、男性優位時における描写として「〜げ」が用いられたものである。

・解けがたき御気色いとどらうたげなり。（葵巻72頁）

・この女君のいとらうたげにてあはれにうち頼みきこえたまへるをふり棄てむこといとかたし。（賢木巻113頁）

前者は新枕直後の感想であり、明らかに男性優位の視点から描かれている。後者は源氏が出家をほのめかした時の紫の上の様子である。既に「女君」と称せられている紫の上は、源氏の庇護なしでは生きていけないかのように描かれている。少なくとも主観的な源氏の目にはそう映っているのである。

ずっと後になって、女三の宮の降嫁に苦悩する姿も源氏には、

うちながめてものしたまふ気色、いみじくらうたげにをかし。（若菜上巻63頁）

と映っており、どうやらフィルターのかかった源氏の目には、紫の上の成長に伴う精神的苦悩

は見えないらしい。また病床においても桐壺更衣や葵の上と同じく、

・色は真青に白くうつくしげに、透きたるやうに見ゆる御膚つきなど、世になくらうたげなり。（若菜下巻244頁）

・限りもなくらうたげにをかしげなる御さまにて、（御法巻504頁）

のように「〜げ」が多用されており、紫の上の一生を通じて統一されていることがわかる。たとえそれが源氏の一方的な偏見だとしても、紫の上の内実が問題化されることはなかった。

c女三の宮

三人目として、朱雀院の内親王である女三の宮について考えたい。彼女には「らうたげ」が夕顔よりも多い八例、そして「うつくしげ」が三例用いられている。彼女もまた最初から「〜げ」や「らうたし」といった語で描写されている。夕顔と違って身分の高い女三の宮に、何故「らうたげ」が多用されたのであろうか。これは身分ではなく源氏との年齢差が大きく影響していると考えられる。源氏と女三の宮の年齢差は紫の上以上であり、親子ほどに開いている。そのため「らうたげ」という語だけでなく、他に幼さや子供っぽさを表す語が多く用いられて

いるのである。

注目すべき点として、女三の宮は源氏からだけでなく、柏木からも三回「らうたげ」と描写されていることがあげられる。柏木は女三の宮に求婚したこともあり、源氏に降嫁してからもずっと女三の宮のことを諦めることなく想い続けていた。そんな柏木からの一つ目の描写は、六条院での蹴鞠の折に垣間見た女三の宮に対する、

御衣の裾がちに、いと細くささやかにて、姿つき、髪のかかりたるそばめ、いひ知らずあてにらうたげなり。（若菜上巻141頁）

である。(8) 垣間見た女三の宮のことが忘れられず、小侍従に手引きしてもらって自分の想いを伝えようとした際の、

わななきたまふさま、水のやうに汗も流れて、ものもおぼえたまはぬ気色、いとあはれにらうたげなり。（若菜下巻224頁）

であるが、これは源氏が空蟬のもとに忍んで行った時の描写に似ている。

三つ目は柏木の理性がなくなってしまい、女三の宮を高貴な身分の方ではなく、源氏の妻でもなく、ただ一人の愛しい女性としてのみ見ている、

いとさばかり気高うううつくしげにはあらで、なつかしくらうたげに、（同巻225頁）

という用例である。柏木の女三の宮に対する描写に「らうたげ」が含まれるのは、男性優位のみならず彼の想い（思い込み）の強さが反映されているからであろう。

なお密通発覚後も、源氏の女三の宮評価は変わっておらず、尼姿になった後も、

いとうつくしうらうたげなる御額髪、つらつきのをかしさ、ただ児のやうに見えたまひて、いみじうらうたきを見たてまつりたまふにつけては、（横笛巻348頁）

と相変わらず子供っぽさが強調されている。源氏の目には女三の宮の苦悩や精神的成長は、紫の上の場合と同様に見えないようである。

これまで考察してきた三人の女性達は、光源氏によって初めから「らうたげ」や「らうたし」

を用いて描写されることで、結果としてそのイメージが付与されがちな女性達であった。我々読者はそのイメージをその女性そのものとして捉えてしまうわけだが、しかしそれはあくまでも源氏の抱く身勝手な幻想や、過去との二重写しによって歪められた源氏の視点で捉えられているため、実際の女性自身とはかなりズレが生じている可能性が高い。しかしながらこれら三人の女性達は、もともと「らうたし」といった語を多く用いて描写されているために、その語で表現されることとの特別な意味・区別を見出しにくくなっているようである。

そこで次に本来の美的表現では「らうたし」や「らうたげ」が普段は用いられないが、何かをきっかけとして、そういった語が用いられる女性達を考察していくことで、その表現が用いられる特別な状況と意味を論じてみたい。

三、葵の上の「らうたげ」

ここでは葵の上と藤壺の二人を取り上げたい。まず光源氏の正妻であり、左大臣の一人娘である葵の上について考察する。葵の上の用例を調べて気付いたのは、彼女を描写した表現がやはり全て源氏の視点からなされているということである。桐壺更衣でさえ桐壺帝以外の視点からも描かれていたのに、葵の上は父の左大臣や兄の頭中将から見た描写もほとんど認められない。葵の上は源氏の限定かつ固定化した視点からのみ語られ、読者はそれによって彼女のイメージを想像しているのである。しかしながら葵の上の場合は、途中でそれまでの彼女に対してなされていた描写が一転する。通常の葵の上になされる描写と比較しながら、その用例について詳しく見ていきたい。

葵の上には「〜げ」という表現が十一回用いられている。源氏と葵の上が初めて対面した時の葵の上に対する印象が語られている場面には、

大殿の君、いとをかしげにかしづかれたる人とは見ゆれど、心にもつかずおぼえたまひて、

（桐壺巻49頁）

とあり、ここで普段の葵上が「をかしげ」という美的表現で規定されていることがわかる。この後にも「いとをかしげにて」「いとをかしげなる人の」という描写がなされている。

ところが次にあげる用例は、通常の葵の上の描写ではなく、懐妊時や病床の折の描写である。初めての懐妊で不安を感じている葵の上は、

心苦しきさまの御心地になやみたまひてもの心細げに思いたり。

（葵巻20頁）

とあった。結婚九年目にしての懐妊であり、当時は出産が生死をかけたものであったため、葵の上の不安や恐怖が表情に出ていたのだろう。それが普段感情をあまり表に出さない葵の上とは違うように感じられて、源氏は「もの心細げ」と見たのではないだろうか。この「もの心細げ」という表現は桐壺更衣にも用いられており、それによって桐壺帝はよりいとしさをかきたてられていた。

葵の上の場合は、この用例を契機として源氏の見た印象が微妙に変化していく。出産後に物の怪に苦しめられて衰弱している葵の上に対して、「〜げ」の多用と「らうたげ」という語が初めて用いられるのだが、その用例をあげると、

・いとをかしげにて（中略）白き御衣に、色合ひいと華やかにて、御髪のいと長うこちたきをひき結ひてうち添へたるも、かうてこそらうたげになまめきたる方添ひてをかしけれと見ゆ。（葵巻38〜39頁）

・いとたゆげに見上げてうちまもりきこえたまふに、（葵巻39頁）

・いとをかしげなる人の、いたう弱りそこなはれて、あるかなきかの気色にて臥したまへるさま、いとらうたげに心苦しげなり。（葵巻44〜45頁）

となる。この部分における「たゆげ」「苦しげ」は、桐壺更衣の病床における描写、

・まみなどもいとたゆげにて、いとどなよなよとわれかの気色にて臥したれば、（桐壺巻22頁）

・息も絶えつつ、聞こえまほしげなることはありげなれど、いと苦しげにたゆげなれば、（桐壺巻23頁）

ともよく似ている。桐壺更衣は描写の用例自体が少なく、またそれが通常の元気な状態ではなく、病気がちであった場面に集中しているために、「～げ」という語が用いられてもそれほど印象が変わることはない。それに対して葵の上は、この病床の描写において初めて可憐さやはかなさを感じさせている。

源氏は最初のうちは葵の上に対して引け目を感じていた。それは「こちらが見て恥ずかしくなるような」という意味の「恥づかしげ」という語が、若紫巻と帚木巻に一例ずつあったことからも納得できる。その後も自分になかなか打ち解けてくれない年長の葵の上に対して、さらに近寄りがたくなってしまい、素直にいとおしく思うことができなかった。しかし病床での弱々しい葵の上を目の当たりにすることで、葵の上の印象が変化したのである。また葵の上の背後

に控えている左大臣に対するプレッシャーも吹き飛び、「らうたげ」という表現によって葵の上の中にあった可憐さ、かよわさを最大限に見取ったのではないだろうか。

このように葵の上は、通常の美的表現は「をかしげ」・「うるはし」といった語を冠することで、少し気位の高いお姫様で近寄り難い美しさを強調していたのであるが、病床の描写で「〜げ」が多く用いられ、特にあどけなさやかわいらしさを強調する「らうたげ」を二度用いることにより、普段の葵の上とのギャップをより際立たせ、葵の上の新たな魅力を付け足すことに効果をあげている。この「らうたげ」という語の使用は、もちろん葵の上自身の変化によって用いられたとも考えられるが、その葵の上の変化に伴って、葵の上を見ている源氏の視点が変化したことこそが重要ではないだろうか。

四、藤壺の「らうたげ」

最後に源氏の最高の理想像である、藤壺について論じたい。藤壺の描写もやはり源氏の視点からのものが多い。源氏は、

・藤壺の御ありさまをたぐひなしと思ひきこえて、さやうならむ人をこそ見め、似る人なくもおはしけるかな、（桐壺巻49頁）

・君は人ひとりの御ありさまを心の中に思ひつづけたまふ。これに、足らず、また、さし過ぎたることなくものしたまひけるかなとありがたきにも、（帚木巻90頁）

のように、藤壺以上の人はいないと考えている。これらの用例の中で注目すべきは、次の描写である。

なつかしうらうたげに、さりとてうちとけず心深う恥づかしげなる御もてなしなどのなほ人に似させたまはぬを、（若紫巻231頁）

先ほど葵の上の病床描写に用いられていた「らうたげ」という語が、藤壺にも用いられている。父帝の妃でありまた自分の究極の理想でもあり、崇拝にも近い感情を抱いていた藤壺に対して、源氏は何故ここで「らうたげ」という表現を用いたのだろうか。実はこの場面は源氏が藤壺と契りを交わした後なのである。つまり今まで絶対に手の届かないと思っていた藤壺が、その時だけとはいえ自分のものになったことで、藤壺を一人の女性という以上に男性優位の視点で見ているからではないだろうか(9)。

これと同じように考えられる場面として、

消えまどへる気色いと心苦しくらうたげなれば、をかしと見たまひて、　（帚木巻99頁）

をあげることができる。これは雨夜の品定めにより中の品の女性に興味を持った源氏が、たまたま方違えで滞在することになった紀伊守邸にいた空蟬の所に忍んでいる場面である。空蟬は年長の人妻であり、

・目すこしはれたる心地して、鼻などもあざやかなるところなうねびれて、にほはしきところも見えず。言ひ立つればわろきによれる容貌を、　（空蟬巻121頁）

とあるように、容姿もそれほど良くはなかった。年齢的にも容姿的にも「らうたげ」とされることが不自然に思える空蟬に対して用いられた「らうたげ」は、藤壺の用例と同じく、人妻である空蟬を自分のものにした源氏優位の表れと見たい（ここでも源氏は空蟬の苦悩など気にもしていない）。また葵の上の死後に紫の上と新枕を交わした翌朝の描写も、「解けがたき御気色いとどらうたげなり」（葵巻72頁）と類似している。若い紫の上の場合は紛らわしいが、これも藤壺や空蟬における用法と同じであると考えておきたい。

なお藤壺には、「らうたげ」という表現がもう一例だけ用いられている。

世の中をいたう思しなやめる気色にて、のどかにながめ入りたまへる、いみじうらうたげなり。（賢木巻109頁）

これは藤壺の寝所に侵入し、そのまま帰らずに塗籠にひそんでいる源氏が、自分との過ちに思い悩んでいる藤壺を見ている場面である。実はここも前の晩に逢瀬があったらしいということが書かれていた。これも男性優位時の状況であり、前の用例と同じく源氏が藤壺を一人の女性として見ているがゆえに用いられた「らうたげ」だと言える。

一般的な藤壺の美的表現は、「たぐひなし」・「似る人なし」など、他に例がないほどすばらしいという意味合いのかなり上級の美的表現であった。藤壺は桐壺帝にとっては亡き桐壺更衣の形代であり、源氏にとっては母の面影を宿す理想の女性だったため、こういった表現が用いられたと考えられる。そんな藤壺に対する「らうたげ」という表現は、女三宮に対して柏木が「らうたげ」を用いた時のように、特別な場面つまり契りを結ぶことによる男女の関係の変化という状況で用いられているのである。(10) これはある種の常套表現なのかもしれない。ただこの状況が葵の上の場合と大きく異なるのは、決して藤壺自身が変化しているのではなく、源氏の精神状態やそれに伴う感情の変化によって源氏の視点が変化することで、美的描写に違いが表れていることである。

結、光源氏の視点

以上、光源氏の視点から見た女性五人についての「～げ」という表現、特に「らうたげ」という表現の用いられ方の考察を行ってきた。その結果、この「げ」という語が単なる接尾語としてではなく、それが美的表現に用いられる時の状況によって違いがあることが明らかになった。

その状況の違いとは、見られている側の女性が美しくなったり、急に醜くなったりということではなく、見ている側の男性の視点が変化しているということである。その状況で描写された女性達は、実際とはずれが生じているのである。それはあくまでも描写の違いに影響を及ぼしているのが、女性を見ている男性の精神状況だからである。

夕顔には初めから「らうたげ」が用いられ、その描写が一貫しているため、源氏の視点の変化はないようにも感じられるが、これは初めから源氏の視点において感情が反映されていたからである。夕顔は源氏の変化した視点からしか描写されておらず、その状況の中でのみ把握されているのである。紫の上は源氏との年齢差や、源氏に引き取られて育てられたことから、

「らうたし」や「〜げ」という表現が一生を通じて用いられているが、紫の上の描写には常に藤壺への思慕が重ねられ、源氏の感情の変化による視点の変化も、他の女性に比べるとはげしかったのではないだろうか。源氏と親子ほど年齢差のある女三の宮も、夕顔や紫の上と同じように最初から「らうた」く描写されていた。しかも源氏からの視点だけでなく柏木の視点からも、彼の精神状況の変化による「らうたげ」という描写の使用が認められる。

それに対して葵の上は、懐妊・出産という彼女自身の大きな変化があり、それに伴って源氏の中にこれまでの葵の上に対する感情とは違う新たな感情が生じ、源氏の視点が変化することで「らうたげ」という語が用いられている。一方藤壺は、契りを結んだ直後の描写でのみ「らうたげ」が用いられる。この時の「らうたげ」と同じような表現は紫の上や空蟬にもあるが、本来この語で表現されない藤壺に、その場限りで用いられることにより、今までとは変わったという意識が強調される。実際に契りを結んだことで、源氏と藤壺との関係はそれまでとは変わったものの、必ずしも藤壺自身が変化しているわけではなく、源氏の精神状況が大きく変化したために、「らうたげ」という描写がなされているのである。これらの描写がなされる根底には、男性優位という定まった状況が存在している。懐妊や病床で弱っている女性に対し、この女性を庇護し救ってやらなければと感じる時や、女性を自分のものにすることができた時というのは、いずれも男性が優位な立場にある状況だからである。

以上五人の女性達の美的表現について考察してきたが、彼女達は光源氏の視点から描かれることにより、実際の容姿や性格といったものとずれが生じていることが明らかになった。それは源氏の視点が感情や思い込み、それによる精神状況の変化によって歪められるため、一定の美的基準といったものを保っていないからである。そのため、女性達が変化していないのに起こる彼女達の描写の変化は、男性の視点の変化なしには説明できそうもない。つまり「らうたげ」という語は、必ずしも見られている女性の美しさを描写した語ではなく、見ている男性の精神状況の変化を表現する語ということになる。

今回、女性たちを見ている光源氏の視点を考察したことによって、女性が男性の視点から描かれることの意味、その男性の視点が男性の感情や精神状況によって変化し、それが女性に対する描写の変化につながるということが分かった。そしてその美的描写が実際の女性の変化ではないにも関わらず、あたかも事実として読者に受け入れられてしまっていること、それこそが作者による巧妙な物語の方法だったということを本論の結論としたい。

注

（1）『王朝語辞典』（東京大学出版会）平成12年3月の「らうたし」項（山口仲美氏執筆）には、「「らうたし」は奈良時代には見られず、平安時代の『蜻蛉日記』や『うつほ物語』から見られはじめる。『源氏物語』には、八五例も見られる。いずれも、親が子に、男が女に、年長者が年少者にというぐあいに、自分より劣った無力な者に対していだく感情である」と記されている。これが従来の見方であろう。

（2）吉海『源氏物語研究ハンドブック2』（翰林書房）平成11年4月には「らうたし」の論文が十一本掲載されている。

（3）三田村雅子氏「桐壺巻の語りとまなざし」「語りとテクスト」『源氏物語感覚の論理』（有精堂）平成8年3月、また吉海「桐壺更衣の政治性」『源氏物語の新考察』（おうふう）平成15年10月

（4）神尾暢子氏「作品作者の美的規定―更衣桐壺の美的創造―」『王朝語彙の表現機構』（新典社）昭和60年10月。

（5）『源氏物語事典』（大和書房）平成14年5月の「ろうたし」項（木幡紀子氏執筆）によれば、「紫の上二五例、中の君二〇例、浮舟一六例、女三の宮一四例、夕顔一二例、玉鬘一〇例と特定の人物に集中する」となっている。本稿では「らうたし」と「らうたげ」を区別したことで玉鬘が脱落し、また光源氏の視点に限定することで、宇治十帖の中の君・浮舟を対象外としている。

（6）木之下正雄氏『平安女流文学のことば』（至文堂）昭和43年11月の「らうたげ」項には、「大人の女に対する男の見方である点がラウタシと少し違う点である」と、「男の見方」であることを明言され、また幼い者にも用いられる「らうたし」との違いにまで言及しておられる。なお大野晋氏は岩波『古語辞典』の「げ」の解説において、「きよら」と「きよげ」の違いを「「清げ」は美しそうに見える意で「清ら」に及ばない第二流の美」と定義しておられるが、ここで

は第一級か第二級かの違いではなく視点の問題としてとらえている。

（7）吉海「夕顔物語の構造」『源氏物語の新考察』（おうふう）平成15年10月では、若き源氏が夕顔の虚像を幻視していることを説いている。

（8）冷静に考えれば、蹴鞠に夢中になって立ち姿になっている女三の宮のマイナス面も見えるはずである。少なくとも一緒に目撃した夕霧は、柏木ほど女三の宮を高く評価してはいない。

（9）吉海「藤壺入内をめぐって」『源氏物語の新考察』（おうふう）平成15年10月の注4には、「原則として藤壺は「らうたし」とは形容されない。ただし源氏は、密通場面において心憂く思う藤壺を「なつかしうらうたげに」（若紫巻28頁）と見誤っている。しかしこれは桐壺帝の桐壺更衣に対する「なつかしうらうたげなりし」（桐壺巻28頁）という述懐（誤解）の焼き直しにすぎない。夕顔に対する誤解といい、若き日の源氏の眼はあまりあてにならないようである」と記してある。

（10）この「らうたげ」の使用について、三谷邦明氏は『源氏物語の方法』（翰林書房）平成19年4月の中で、「「思しなやめる気色」に気づきながら、それを「らうたげ」と判断する光源氏の認識は、年上でもある義母藤壺の苦悩を完璧には理解していない。〈中略〉藤壺は、「弱いもの、劣ったもの」ではないのである。〈中略〉光源氏は、情念というレンズの入った眼鏡で藤壺を見ているために、常に誤読・誤解という判断から、逃れることができないのである」（81頁）と述べておられる。

第二部　特殊表現

第五章　「ひとりごつ」は朗詠すること

一、夕顔巻の再確認

夕顔物語は、五条大路における光源氏と随身のやりとりから展開しており、その場面は非常に重要であると思われる。ところが従来はこの部分の解釈をいささか疎《おろそ》かにしていたために、続く夕顔の宿から贈られてきた「心あてに」歌の解釈に謎が生じてしまい、それをめぐって長く論争が続いてきた。その謎を解消するために、かつてこの場面を〈垣間見〉という手法で分析してみたことがある。[1] その際、聴覚の重要性を強調しておいた。もちろん決して視覚を軽視したわけではない。

そもそも冒頭附近は、

簾などもいと白う涼しげなるに、をかしき額つきの透影《すきかげ》あまた見えてのぞく。立ちさまよ

ふらむ下つ方思ひやるに、あながちに丈《たけ》高き心地ぞする。（夕顔巻135頁）

とあって、夕顔の宿側の複数の女房達が、牛車の中にいる源氏の方をのぞいていたことから始まっている。従来、垣間見は一方通行であり、のぞく側はのぞいていることを相手に悟られないという暗黙の了解があった。ところが垣間見の実体は、必ずしも一方通行ではなかった。ここも源氏は、自分がのぞかれていることを「透影」によって察知している。だからといってその時点で垣間見は終了せず、むしろ源氏はのぞかれていることを承知の上で、という以上に相手方に興味を抱いて、

御車もいたくやつしたまへり。前駆《さき》も追はせたまはず、誰とか知らむとうちとけたまひて、すこしさしのぞきたまへれば、門《かど》は蔀《しとみ》のやうなる押し上げたる、見入れのほどなくものはかなき住まひを、（136頁）

云々と、こちらからわざと「さしのぞ」いているのである。

この場面が、奇妙な〈相互垣間見〉によって構成されていることには留意すべきであろう。ただし源氏がのぞいても、相手側がよく見えることはあるまい。どうやらこの「さしのぞく」

とは、単に「のぞく」のではなく「顔を出して見る」ことのようである。源氏は安心してという以上にわざと「さしのぞく」[2]ことで、相手方に自分の顔をはっきり見せようとしているのである（パフォーマンス）。もし源氏のこの行為がなければ、「心あてに」の歌も詠まれなかったかもしれない。その証拠に夕顔の宿側は、それを「いとしるく思ひあてられたまへる御側目」（141頁）と見ていた。ここで「さしのぞく」という語に注目することで、ようやく「のぞく」とは異なる新しい視点が浮上してきたわけである。

次に視覚から離れて聴覚について確認しておきたい。まず該当本文を引用しておこう。

切懸だつ物に、いと青やかなる葛《かづら》の心地よげに這ひかかれるに、白き花ぞ、おのれひとり笑みの眉ひらけたる。「をちかた人にもの申す」と独りごちたまふを、御随身ついゐて、「かの白く咲けるをなむ、夕顔と申しはべる。花の名は人めきて、かうあやしき垣根になん咲きはべりける」と申す。げにいと小家がちに、むつかしげなるわたりの、この面《も》かの面《も》あやしくうちよろぼひて、むねむねしからぬ軒のつまなどに這ひまつはれたるを、「口惜しの花の契りや、一房折りてまゐれ」とのたまへば、この押し上げたる門に入りて折る。

（同頁）

牛車から夕顔の宿を観察していた源氏は、そこに名も知らぬ白い花が咲いているのを発見する。その途端、源氏は「うちわたす遠方人にもの申すわれそのそこに白く咲けるは何の花ぞも」（『古今集』一〇〇七番）という旋頭歌の一節、「をちかた人にもの申す」を口にした。これはいわゆる引歌表現であり、引用されていない「そこに白く咲けるは何の花ぞも」に真意が込められている。要するに源氏は白い花の名前を知りたかったのである。

では源氏は、一体誰にそれを尋ねているのだろうか。これが従来看過されてきた、あるいは勘違いされてきたことの一つである。というのも、それが「独りごちたまふ」つまり「独り言」とされているからである。「独り言」である以上、相手の詮索は不要となってしまう。その源氏のささやかな「独り言」に控えていた随身が即座に反応し、「かの白く咲けるをなむ、夕顔と申しはべる」と答えている。そこで源氏はそれを「げに」と受け、続いて「一房折りてまゐれ」と命じている。こうなると文脈上、源氏は随身に質問したということで済まされてしまう。『古今集』からの引歌であることを承知の上で答えている点、さすが源氏の随身だけのことはあるという評価も与えられている。(3)

こういった物語の流れをすんなり納得してしまったために、読者は以後の読みを大きく誤ったのではないだろうか。これを打破するヒントは、まさしく「ひとりごつ」の解釈にあった。しかしこの語は新編全集の注にも取り上げられておらず、「独り言をおっしゃると」とそのまま現代語訳されている。おそらく、そこに問題のあることにさえ気付いていないのであろう。そのことは古語辞典で「ひとりごつ」を引いてみれば一層明らかである。「独り言をいう」以外の意味はほとんど記されていないからである。岩波の『古語辞典』ですら「相手なしに一人でつぶやく」となっている。頼みの小学館の『古語大辞典』・『日本国語大辞典』も同様であった。そのため私自身、常識の落とし穴にはまってしまっていた。

唯一、角川『古語大辞典』だけは、『源氏物語』夕顔巻と須磨巻の例を出して、

独り言を言う。聞き手がいないとき、また聞かせるつもりがなくて、詩歌を誦し、口に出して歌を詠むことにいう。

と説明されている。二番目の意味ではあるが、ここにようやく「詩歌を誦し、口に出して歌を詠む」という意味が登場したわけである。ついでに「聞き手がいないとき、また聞かせるつもりがなくて」についても詳しく検証したい。

二、「ひとりごつ」の用例

ここで参考までに『古典対照語い表』（笠間書院）を調べてみたところ、「ひとりごつ」は

『蜻蛉日記』二例、『枕草子』二例、『源氏物語』四六例、『紫式部日記』二例、『更級日記』二例となっていた。(4) 奈良時代の作品には見当たらないようなので、平安時代語としておきたい。その他、『土佐日記』一例、『うつほ物語』五例、『平中物語』一例、『大和物語』三例、『落窪物語』二例、『和泉式部日記』一例を加えておきたい。

そのうちの『土佐日記』一月九日条には、

船にも思ふことあれど、かひなし。かかれど、この歌をひとりごとにして、やみぬ。
思ひやる心は海をわたれどもふみしなければ知らずやあるらむ　（25頁）

と出ていた。「この歌を」とあるので、ここで和歌を朗詠したことは間違いあるまい。最初の用例からしてこれである。新編全集の頭注一八には、「独詠。贈答歌が成立する心の一体感は以後途絶する。」という興味深いコメントが施されていた。ここは一般的な独り言ではなく、また単に歌を朗詠するのでもなく、「ひとりごとにして」とあるように共感は得られなかったかもしれないが、相手に聞こえるように独詠（相手の答歌を求めない）したことに意味がありそうだ。

続いて『平中物語』二十二段には、興味深い用例が見つかった。

はては、ものいひふれむ人もなかりければ、よろづの言葉をひとりごちけれど、さらに答へする人もなかりければ、いひわびてぞ、いでて来にける。（490頁）

これも一般的な独り言ではなく、「答へする人」を期待しての発言であろう。ただし相手が聞いてくれない・答えてくれないことで会話が成立せず、やむなく一方的にしゃべり続けている例である。新編全集には「独演」と訳してあったが、非常に面白い用例であろう。次に『うつほ物語』全五例は、俊蔭巻の三例すべてが和歌の朗詠であった。(5) まず、

わび人は月日の数ぞ知られける明け暮れひとり空をながめてなど、ひとりごちてながめける。（49頁）

は俊蔭女の独詠である。次に、

かかるところに住むらむ人を思ひやりて、独りごとに、
虫だにもあまた声せぬ浅茅生にひとり住むらむ人をこそ思へ

とて、深き草を分け入りたまひて、（52頁）

は若小君の独詠であった。三例目の、

たづが音にいとども落つる涙かな同じ河辺の人を見しかば

あはれ」とひとりごちて、（63頁）

も若小君の独詠である。ただしここは和歌の後の「あはれ」とだけ口にしたのか、それとも和歌を含めての「ひとりごち」なのか、解釈の分かれるところである。ここでは和歌を含めて考えておきたい。『落窪物語』には、次のような例がある。

あこき、御文を脂燭さして見れば、ただかくのみあり。

君ありと聞くに心をつくばねの見ねど恋しき嘆きをぞする

「をかしの御手や」とひとりごちゐたれど、かひなげなる御けしきなれば、おし巻きて御櫛の箱に入れて立ちぬ。（新大系11頁）

少将からの手紙を見たあこきが、姫君の興味を引くように多少演技してしゃべっているところである。ここは「をかしの御手や」だけではなく、書かれている和歌も詠じられたのではないだろうか。いずれにしても聞こえよがしに「ひとりごち」ていることに間違いはあるまい。

次に『蜻蛉日記』の全二例の内の一例[(6)]が上巻天暦十年六月条に、

六月になりぬ。ついたちかけて長雨いたうす。見出だして、ひとりごとに、
　わが宿のなげきの下葉色ふかくうつろひにけりながめふるまに
などいふほどに、七月になりぬ。（104頁）

とあった。この場合も「独り言」をつぶやくという以上に、和歌を詠じていると解せそうである。本来ならば兼家に対して贈るべき歌であろう。あるいは紙に書き付ける手習歌（独詠）に近いものとも考えられる。女流日記では『和泉式部日記』にも、「目をさまして、「風の前なる」などひとりごちて」（65頁）とある。「風の前なる」に関して新編全集の頭注一一には、「仏典からの引用」とコメントされている。もちろん仏典の一節を口ずさんだとしてもいいし、仏典を踏まえた和歌の一節を詠じたと解することもできよう。

同様の例は、『枕草子』二七四段に、「雪こそめでたけれ。「忘れめや」などひとりごちて、

しのびたることはさらなり」（428頁）と見えている。[7] これも古歌（出典未詳）の一節を詠じている場面である。また『紫式部日記』には、

年くれてわが世ふけゆく風の音に心のうちのすさまじきかな

とぞひとりごたれし。（185頁）

とあった。これなど独詠とするのがふさわしいようである。なお『更級日記』には、

わがごとぞ水のうきねに明かしつつ上毛の霜をはらひわぶなる

とひとりごちたるを、かたはらに臥したまへる人聞きつけて、

まして思へ水の仮寝のほどだにぞ上毛の霜をはらひわびける（332頁）

と出ている。ここでは作者の独詠を聞いた同僚の女房が歌で応じたことで、結果的に贈答となっている例である。

以上のように、和歌の独詠を意味する「ひとりごつ」の用例は決して少ない数ではなかった。むしろ単なる独り言の方が用例的には少ないようである。それにもかかわらず従来の辞書は、

安易に「独り言」として済ませてきた（問題にしなかった）。これが読者側の誤解を生じさせた要因だったのだ。

三、『源氏物語』の「ひとりごつ」（Ⅰ）

さて「ひとりごつ」の先行研究としては、倉田実・上村希・田辺玲子三氏の論文があげられる。(8) ただし夕顔巻の用例は必ずしも重視されていなかったので、改めて検討してみた次第である。繰り返しになるかもしれないが、『源氏物語』の「ひとりごつ」の用例数を『源氏物語大成』の索引で調べてみたところ、

ひとりごちあまる　1例（早蕨）
ひとりごちおはす　3例（賢木・幻・椎本）
ひとりごちゐる　1例（手習）
ひとりごつ　32例（夕顔2・末摘花・紅葉賀・賢木・須磨3・澪標2・蓬生・薄雲・少女2・玉鬘・初音・野分2・若菜上・若菜下2・横笛・夕霧・匂宮・早蕨・宿木2・東屋・蜻蛉2・手習2）
うちひとりごつ　2例（帚木・明石）

ひとりごと　　　　６例（葵・澪標２・少女・夕霧・椎本）

という結果になった（総計四十五例）。『源氏物語』以前の作品に比べると、異常な程に用例が多いことがわかる。巻別では、澪標巻四例・須磨巻三例・少女巻三例・手習巻三例がやや多いようであるが、特に用例が偏向しているというわけではなさそうだ。

また人物別では源氏と薫に用例が集中しているが、主人公であるから当然と言えば当然であろう。なお横笛巻にある、

昔をしのぶ独りごとは、さても罪ゆるされはべりけり。（横笛巻357頁）

には「琴」が掛けられており、やや特殊な用法となっているので用例数から除外した。全体を見渡すと、やはり和歌を朗詠している例が圧倒的に多いことがわかる。それを便宜的に二分して、①「古歌」や「漢詩」の一節を詠じるものと、②自詠を吟じるものに分けてみたい。(9)もっとも須磨巻には、源氏の独詠が一箇所に混在している。

入り方の月影すごく見ゆるに、「ただ是れ西に行くなり」と独りごちたまひて、

いづかたの雲路にわれもまよひなむ月の見るらむこともはづかし

と独りごちたまひて、例のまどろまれぬ暁の空に千鳥いとあはれに鳴く。

友千鳥もろ声になくあかつきはひとり寝ざめの床もたのもし

また起きたる人もなければ、かへすがへす独りごちて臥したまへり。（須磨巻209頁）

これほど近接しているところに三例も集中している例は、他に澪標巻があげられるだけである（後述）。最初の用例は漢詩（『菅家後集』「代月答」）の一節を朗詠したもので、二番目の用例は「いづかたの」歌を朗詠したものである。そして三番目は「友千鳥」歌を源氏が繰り返し朗詠したものである。なんと源氏は一人で三回も「ひとりごち」続けているわけである。それによって孤独を表出しているのかもしれないが、先にあげた『平中物語』と同じく、独演会風（饒舌）にも感じられる。あるいは呪術的な意味合いもあるのかもしれない。側にいた惟光達はこれをどのように受け止めたのであろうか。本文には「起きたる人もなければ」とあるが、本当に眠っていたわけではあるまい。

①古歌の一節の例として、少女巻には、

幼き心地にも、とかく思し乱るるにや、「雲居の雁もわがごとや」と独りごちたまふけは

ひ若うらうたげなり。（少女巻48頁）

と、夕霧との仲を引き離された雲居の雁が、有名な古歌（『奥入』所収）の一節を朗詠している例が見られる。しかもその直後に、

独り言を聞きたまひけるも恥づかしうて、あいなく御顔も引き入れたまへど、（同頁）

とあり、夕霧に「独り言」ならぬ独詠を聞かれたと思った雲居の雁は恥ずかしがっている。これなど相手に聞かせるつもりのない独詠ということになろうか。ただし朗詠したことで、確実に夕霧の耳にも届いたのである。

逆に考えれば、相手に聞かせたい「ひとりごつ」もあっていいことになる。例えば手習巻の、

前近き女郎花を折りて、「何にほふらん」と口ずさびて、独りごちて立てり。（手習巻309頁）

は、浮舟に懸想する中将が、『拾遺集』一〇九八番歌の一節を独詠しているところである。「口

ずさびて、独りごち」と記されているが、「口ずさぶ」も和歌を朗詠することであるから、ここは類似表現を重ねていることになる（「うそぶく」「口遊び」なども類義語）。これなど中将のパフォーマンスの一種であろうから、むしろ相手に聞かせたい（見せたい）・聞いてほしいはずである。浮舟に対する中将の働きかけは、

忍びやかに笛を吹き鳴らして、「鹿の鳴く音に」など独りごつけはひ、まことに心地なくはあるまじ。（手習巻317頁）

ともあり、ここも浮舟側に自己アピールしているのであるから、決して相手に聞かれたくない「独り言」などではないはずである。むしろここは相手に聞こえよがしに（相手の気を引こうと『古今集』二一四番歌の一節を朗詠していると見たい。

四、『源氏物語』の「ひとりごつ」（Ⅱ）

一方、②自詠を吟じる例としては、夕顔巻のもう一例があげられる。

空のうち曇りて、風冷やかなるに、いといたくながめたまひて、

見し人の煙を雲とながむれば夕の空もむつましきかな

と、独りごちたまへど、えさし答へも聞こえず。（夕顔巻189頁）

源氏は亡くなった夕顔のことを思って歌を詠じた。その後に「えさし答へも聞こえず」とあるのは、それが単なる「独り言」ではなく、右近の返歌を期待しての発言だったからではないだろうか。そうなるとこの「ひとりごつ」は独り言を言うのではなく、また独詠を意図しているのでもなく、返歌を期待して歌を吟詠するという意味にとれる。その場合、必ずしも小さな声でなくても良さそうである。むしろ返歌を期待しているのであれば、相手にはっきり聞こえるように意識して詠じているはずである。

この意味で用いられている例も意外に多い。初音巻では末摘花を訪問した源氏が、

ふるさとの春の梢をたづね来て世のつねならぬはなを見るかな

独りごちたまへど、聞き知りたまはざりけんかし。（初音巻155頁）

と、紅梅と末摘花の鼻を掛けた歌を朗詠している。歌の後に「聞き知りたまはざりけんかし」（草子地？）とある点、逆にこの朗詠が末摘花にも聞こえていた、聞こえるように朗詠していた

ことがわかる（ただし真意は伝わらなかった）。これに対して東屋巻の例はやや特殊である。

かたみぞと見るにつけては朝露のところせきまでぬるる袖かな

と、心にもあらず独りごちたまふを聞きて、いとどしぼるばかり尼君の袖もなき濡らすを、（東屋巻96頁）

薫の独詠は、当然牛車に同乗している浮舟・尼君・侍従の三人に聞こえているはずだが、亡き大君のことは弁の尼にしか理解（共感）されないから、共感した弁の尼だけが反応して泣いている。[10]また宿木巻には、

やどり木と思ひいでずは木のもとの旅寝もいかにさびしからまし

と独りごちたまふを聞きて、尼君、

荒れはつる朽木にもとをやどり木と思ひおきけるほどの悲しさ（宿木巻462頁）

とあって、薫の「ひとりごち」[11]に弁の尼が返歌したことで、結果的には贈答形式になっている（前述の『更級日記』に類似）。「ひとりごち」は決して返歌を期待しないものではなかったのだ。

また椎本巻には、

色かはる浅茅を見ても墨染にやつるる袖を思ひこそやれ

と独り言のやうにのたまへば、

色かはる袖をばつゆのやどりにてわが身ぞさらにおきどころなき

はつるる糸は」（椎本巻199頁）

と出ている。「独り言のやうに」と朧化されているが、薫の独詠に大君が返歌したことで、やはり結果的には贈答になっている。

一方、返歌が期待できない例として賢木巻では、

霧いたう降りて、ただならぬ朝ぼらけに、うちながめて独りごちおはす

行く方をながめもやらむこの秋は逢坂山を霧なへだてそ（賢木巻95頁）

と、源氏は伊勢へ下向した六条御息所を偲んで和歌を詠じている。「うちながめて」とあるので、ここは返歌を期待しているわけではあるまい（読者には聞こえる）。また野分巻では、そっ

けなく帰った源氏に対して明石の君が、

　おほかたに荻の葉すぐる風の音もうき身ひとつにしむ心地して

と独りごちけり。　（野分巻277頁）

と独詠しているが、これも源氏の耳には届かなかったであろう（しかし読者には聞こえる）。これなど呪術的な意味合いを含んでいるのかもしれない。

以上、長々と列記したが、これらの「ひとりごち」は相手に聞こえたかどうかの差異はあるものの、和歌を詠じる意味と見て問題なさそうである。いやそう取るべきであろう。

五、『源氏物語』の「ひとりごつ」（Ⅲ）

それに対して玉鬘巻の例は、

　硯ひき寄せたまふて、手習に、
　　恋わたる身はそれなれど玉かづらいかなるすぢを尋ね来つらむ
　あはれ」とやがて独りごちたまへば、　（玉鬘巻132頁）

とやや複雑になっている。歌の前に「手習に」とあるので、和歌は書かれたようである。それに続いて「「あはれ」とやがて独りごちたまへば」とあるのだから、口にしたのは「あはれ」だけとも解釈できる。この場合は朗詠というより歎息の意味かもしれない。これなど前述した『うつほ物語』俊蔭巻の例と類似しているのではないだろうか。

これに近い例が澪標巻に認められる。ここも須磨巻と同様に三例が集中しており、

うち返し見たまひつつ、「あはれ」と長やかに独りごちたまふを、女君、後目《しりめ》に見おこせて、「浦よりをちに漕ぐ舟の」と、忍びやかに独りごちながめたまふを、「まことは、かくまでとりなしたまふよ、こはただかばかりのあはれぞや。所のさまなどうち思ひやる時々、来し方のこと忘れがたき独り言を、ようこそ聞きすぐいたまはね」（澪標巻296頁）

となっている。源氏が明石の君からの返歌を見て、「あはれ」と歎息を漏らすと、傍にいた紫の上が即座に反応して「浦よりをちに漕ぐ舟の」と伊勢の歌の一節を「忍びやかに」朗詠している。それを聞いた源氏はあくまで「忘れがたき独り言」だと弁解している。最初の「長やかに独りごち」を新編全集では「長大息」と訳しており、これも玉鬘の例と近似しているようで

ある。ただしわざわざ「長やかに」とあるので、単なる歎息ではなく返歌を朗詠しているのかもしれない。

また宿木巻の、

今朝のまの色にやめでんおく露の消えぬにかかる花と見る見る
はかな」と独りごちて、（宿木巻391頁）

も、前述の「あはれ」に準じて考えると歌の独詠ではなく、薫は「はかな」とだけ歎息したとも考えられるが、やはり和歌も詠じたと取りたい。早蕨巻の、

「ものにもがなや」と、かへすがへす独りごたれて、
しなてるやにほの湖に漕ぐ舟のまほならねどもあひ見しものを
とぞ言ひくたさまほしき。（早蕨巻365頁）

では、『源氏釈』所引の古歌を薫が繰り返し朗詠している。ここは「かへすがへす」がポイントである。これも前述の須磨巻の例と類似している。

有名な葵巻の、

雨となりしぐるる空の浮雲をいづれの方とわきてながめむ

行く方なしや」と独り言のやうなるを、

見し人の雨となりにし雲居さへいとど時雨にかきくらすころ

とのたまふ御気色も浅からぬほどしるく見ゆれば、　（葵巻55頁）

は、葵上の死後、女房の中将が源氏に向かって和歌を詠じたところ、源氏がそれに返歌をしており、贈答（共感）の形式になっている。これも「行く方なしや」という古歌の部分だけを朗詠したと見ることもできるが、返歌は贈歌の表現を踏まえているので、歌を含めて考えたい。「やうなる」とあるのは、源氏がそれを「ひとりごと」と判断したからであろうが、即座に返歌をしている点、中将の和歌が詠じられたからこそ、源氏は歌を返すことができたのではないだろうか。

末摘花巻の例はかなり複雑である。

紅のひとはな衣薄くともひたすらくたす名をしたてずは

心苦しの世や」と、いといたう馴れて独りごつを、　（末摘花巻300頁）

大輔命婦は「心苦しの世や」とだけ「独り言」を言ったのか、それとも和歌を含めてなのか判別しにくい。ただしこれは源氏の歌に対する返歌として詠まれたものであるから、源氏に聞こえるように「いといたう馴れて」歌を詠じたと見たい。そうなると贈歌でも答歌でも、「ひとりごち」が可能ということになる。

六、「ひとりごつ」に注目した仮説

以上、長々と「ひとりごつ」の用例を分析してきた。その結果『源氏物語』には、いわゆる「独り言」では解釈できない用例が少なからず存していることが明らかになった。「歎息」する例も多少認められるものの、その大半は古歌もしくは自詠を吟じることであり、音量的にも他者に聞こえている可能性が高い。中には近くにいる人に聞こえよがしに独詠している例もあるし、当たり前のようにそれに歌が返されている例も少なくなかった。

こうなると「ひとりごつ」の用例の多くは、字面通りに「独り言」と訳すのは間違いということになる。辞書の説明も改訂が必要であろう。肝心の夕顔巻の場合も、源氏は「をちかた人にもの申す」と古歌を朗詠したと訳すべきではないだろうか。それは必ずしも小さな声ではなかった。だからこそ光源氏の発した問いかけは、随身の耳に届いただけでなく、もっと遠くの夕顔の宿まで届いた可能性も否定できないのである。

もともと源氏は「をちかた人」、つまり遠方の人（夕顔の宿）に向かって尋ねているはずである。牛車のそばにいる随身は、位置的にも「をちかた人」とは言えまい。要するに源氏は近くの随身に問いかけたのではなく、今自分をのぞいている夕顔の宿（いわば観客）に向かって、聞こえよがしに（聞こえる程の声量で）古歌の一節を詠じた（パフォーマンス）と解釈すべきではないだろうか。それにもかかわらず、そばにいた随身が答えてしまったものだから[12]、その後の展開が随身を主体として変更されてしまったわけである（源氏も「げに」と同調してしまっている）。

このことに関して中澤宏隆氏は、源氏が「さしのぞ」いていたことから、

少なくとも随身が源氏の表情を読みとることができる程度には、顔が見えていたはずである。源氏の顔が見えていなければ、随身は、源氏の「をちかた人にもの申す」という独り言に応答することはなかったであろうし、源氏の視線の先に夕顔の花を認めていなければ、「かの白く咲けるをなむ、夕顔と申しはべる」と返答することはできなかったであろう。

と述べておられる。(13) ここで中澤氏は「ひとりごつ」をそのまま「独り言」と訳しておられるし、引歌の解釈などで本論とは解釈を異にしているものの、「さしのぞ」いている源氏の顔を随身が見ていたとする点には賛意を表したい。随身は源氏が「さしのぞ」いたことで、自分に質問していると勘違いしたのであろう。「さしのぞく」には二重の効果があったのだ。あるいは随身は、源氏の腹心の部下である惟光不在を好機と見て、自分の教養の高さを売り込もうとしたのかもしれない。この点が謎を解明する最大のポイントではないだろうか。

また中澤氏は、

結局、夕顔にしてみれば、「をちかた人にもの申す」「白く咲けるは何の花ぞも」という問いかけに対する返歌という意識で歌を贈ったのであって、決して女の方から歌を詠みかけたという意識はなかったはずである。

とも述べておられる。同様のことは清水婦久子氏も、

源氏は、花のそばの「遠方人」に「そのそこに白く咲ける」と問うたのであり、こちら側にいる随身が「かの白く咲ける」と答えたことは、本来の趣旨にあっていない。答えるべ

き人は「遠方人」で、できれば引歌に対しては歌で答えてほしかった。　（62頁）

と論じておられる。[14]本来であれば源氏の問いかけには、夕顔の宿側が答えるはずだったのだ。そう解釈すれば、夕顔は決して女性側から先に歌を贈ったわけではなく、問われたことに対してただ返歌をしたことになる。これは夕顔像を考える上でも、大きな変更点になるのではないだろうか。

結

本論では「心あてに」歌の謎を解明するために、源氏の動きを丹念に再検証してみた。特にこの場面が①相互垣間見になっていること、また②「さしのぞく」の意味が「顔を出して見せる」ことであることに加えて、③「ひとりごつ」が古歌を朗詠する意味であることを確認し、あらためて源氏の口にした「をちかた人にもの申す」の真意を総合的に検討してみた。

その結果、随身の誤解というか、さかしらという新解釈が浮上してきた。といっても、随身は単に源氏の「ひとりごつ」に反応したのではなく、源氏が「さしのぞ」いて朗詠したものだから誤解したのである。そのため読者も、本来答えるはずの存在が見えなくなってしまったのだ。しかしタイミングはずれてしまったものの、夕顔側からの「心あてに」歌は、まさしく源氏の「そこに白く咲けるは何の花ぞも」という問い（ひとりごち）に対する答えとして、「夕顔の花です」と返されたものと見るべきではないだろうか。それで初めて問いと答えが完結したことになるからである。

失念されているかもしれないが、源氏と随身はずっと夕顔の宿側からのぞかれ続けていた。当然、両者の一連の会話もずっと聞かれていたであろう。だからこそ夕顔の宿（演劇の観客）側は、花を手折りにきた随身に「どなたですか」とか「何か御用ですか」という質問なしに、「これに置きてまゐらせよ」（137頁）とスムーズに対応できたのではないだろうか。同様に歌を贈られた源氏の方も、待っていたかのように受け取っているではないか。このように解釈すれば、従来問題視されてきた夕顔（女性）からの贈歌という不審は、もともと存在しなかったことになる。謎は読者の本文誤読が生み出した幻想だったのである。

注

（1）吉海「夕顔巻の相互垣間見」『「垣間見」る源氏物語』（笠間書院）平成20年7月。

（2）「さしのぞく」については、中澤宏隆氏『夕顔巻』冒頭部に関する一考察―夕顔はなぜ源氏に歌を詠みかけたのか―」國學院雑誌107―9・平成18年9月で検討され、「顔を出す」と解釈されている。高橋敬子氏「源氏物語夕顔巻「心あてに」の和歌世界―「さしのぞく」・「のぞく」

の見地から―」語学と文学45・平成21年3月も同様に、「顔を出して見せる」意としておられる。

（3）たとえば伊井春樹氏は「さすがに源氏に仕える随身だけあって、武具を帯びた舎人としての職責に加えて和歌のたしなみも充分にそなえていた」と評価しておられる（「源氏物語の引歌表現」『源氏物語の探究五』（風間書房）昭和55年5月）。引歌の重要性に拘泥するあまり、別の仕掛けが見落とされることもある。そのことは吉海「明石の君のしたたかさ」『源氏物語の新考察』（おうふう）平成15年10月で指摘しておいたが、ここもその好例ではないだろうか。

（4）源氏物語以後の用例としては、『栄花物語』六例、『狭衣物語』十七例（内「ひとりごと」三例）、『夜の寝覚』六例、『堤中納言物語』一例、『とりかへばや物語』五例などとなっている。

（5）『うつほ物語』楼の上下巻の「独り言に、「宮もろともにえ見せたてまつらぬよ」とのたまふを、大将聞きたまひて」（新編全集514頁）は、犬宮の「独り言」を大将（父仲忠）が聞いている。仲忠に向かって言ったのではないにしても、他人に聞かれないようにという配慮などは認められそうもない。

（6）『蜻蛉日記』のもう一例は、下巻天延元年冬条に「まがまがしう、さ言ふ者の袖ぞ濡らすめるとひとりごちて、また思ふやう」（新編全集320頁）とあり、これは一般的な独り言でもよさそうである。

（7）『枕草子』のもう一例は、二九三段に「「明けはべりぬなり」とひとりごつを、大納言殿、「いまさらにな大殿籠りおはしましそ」とて」（新編全集446頁）とあり、一般的な独り言でもよさそうだが、頭注に「「はべる」があるので、独り言といっても相手の貴人を意識した表現」という示唆的なコメントが付いている。しかもそれに大納言（伊周）も敬語表現で答えているので、これは帝を意識しての発言ではないだろうか。

(8) 倉田実氏「心にもあらず独りごち給ふを—発信する独り言」国文学45—9・平成12年7月、上村希氏「「ひとりごつ」薫」國學院大學大学院文学研究科論集28・平成13年3月、田辺玲子氏「源氏物語における「独り言」の引歌—「ひとりごつ」と「うち誦ず」と「口ずさむ」—」瞿麦13・平成13年7月。

(9) 「ひとりごつ」が引歌になっていることは、田辺氏注(8)論文で指摘されている。なお横笛巻には「独りごちうたふ」(358頁)という例もある。

(10) 倉田氏注(8)論文、吉海「『源氏物語』東屋巻の薫と浮舟—逢瀬と道行き—」國學院雑誌111—12・平成22年12月参照。

(11) 薫の「ひとりごつ」については上村氏注(8)論文、鈴木裕子氏「薫論のために—独詠という快楽、あるいは「大君幻想」という呪縛—」源氏研究6・平成13年4月参照。なお上村氏は「ひとりごつ」を大きく同席者の有無に二分され、同席者がいた場合はさらにa聞かせる意図があった・b聞かれてしまった・cその他に三分類された上で、「同席者のある場合が多く、相手に向かって「ひとりごち」ている例も少なくない」と述べておられる。夕顔巻も同様に考えられるのではないだろうか。

(12) 随身は引歌の元歌までは知っていたであろうが、「をちかた人」の真意は理解できなかったようである。ただしこのやりとりが功を奏したのか、後に「かの夕顔のしるべせし随身ばかり」(夕顔巻152頁)と、お供の一員に選ばれている。「随身を召させたまひて、御車引き入れさせたまふ」(同158頁)や「例の随身ばかりぞありける」(同165頁)も同一人物であろう。

（13）　中澤氏注（2）論文参照。

（14）　清水婦久子氏『光源氏と夕顔―身分違いの恋―』（新典社新書）平成20年4月参照。古くは手嶋真理子氏「「心あてに」歌の解釈について」筒城宮2・平成9年3月で指摘されている。なお竹内正彦氏「そのそこの夕顔―「夕顔」巻における「心あてに」歌の解釈をめぐって―」玉藻45・平成22年3月は、膨大な研究史を踏まえた上で、さらなる新見を提示しておられる。

付記

本論脱稿後に、廣田收氏『『源氏物語』「独詠歌」考』人文学188・平成23年11月が刊行された。そこで「ひとりごつ」についても言及されており、本論と重なる部分もあるが、それに対するコメントは一切補筆していないことをお断りしておきたい。

第六章　「さしつぎ」はナンバー2か

一、問題提起

冷泉帝の御代において、藤壺の兄である兵部卿宮は、唯一の外戚（叔父）として優遇されており、

親王の御おぼえいとやむごとなく、内裏にも、この宮の御心寄せいとこよなくて、このこと奏したまふことをばえ背きたまはず、心苦しきものに思ひきこえたまへり。おほかたも、いまめかしくおはする宮にて、この院、大殿にさしつぎたてまつりては、人も参り仕うまつり、世人も重く思ひきこえけり。（若菜下巻160頁）

とあるように、確固たる権力を有していた。ここに用いられている「さしつぎ」は、名詞では

なく動詞の連用形であるが、これを素直に解釈すると兵部卿宮は、

①院（光源氏）　②大殿（頭中将）

に次ぐ三番目の権力者ということになる。それを受けて藤本勝義氏も、王女御の入内と相俟って兵部卿宮を「ナンバー3」の権力者と規定しておられる。[1] この解釈に対して私は、

ただし一番と二番の差が大きいように、さらにその「さしつぎ」（三番）というのでは、たいした権勢者とは言えないのではないだろうか。

とやや否定的に解釈してみた。[2] これは解釈の絶対的な相違というよりも、三番目という地位をプラスに見るかマイナスに見るかの些細な違いかもしれない。私がそのことに拘泥するのは、かつて乳母研究の一環として、光源氏の乳母である左衛門の乳母を調べている際、末摘花巻の次のような記述が目に留まったからである。

左衛門の乳母とて、大弐のさしつぎに思いたるがむすめ、大輔命婦とて、内裏にさぶらふ、

わかむどほりの兵部大輔なるむすめなりけり。　（末摘花巻266頁）

光源氏の乳母としては、既に夕顔巻に大弐の乳母が登場していた。その大弐の乳母が筆頭乳母（第一乳母）なので、ここに登場した左衛門の乳母はその次の第二乳母（次席乳母）という位置付けになる（第三乳母は不在）。この場合の「さしつぎ」とは、乳母の席次（二番手）ということで間違いあるまい。

この「さしつぎ」とされる左衛門の乳母について、松尾聡氏は、

ましてこの乳母子大輔の命婦の母は、源氏が第一に信頼する乳母大弐（惟光の母）の「さしつぎにおぼいたる」ほどの人である。

云々とプラスに評価しておられる。(3) それに対してやはり私は「二番目に信頼している乳母」という肯定的な解釈ではなく、逆に「絶対の信頼はおいていない二番目の乳母」とやや否定的にとらえてみた。(4) と言うのも、左衛門の乳母は具体的に物語に一切姿を見せておらず、光源氏からわざわざ病気見舞いを受けている大弐の乳母と比べると、かなり扱いが軽いと思われたからである。つまり「さしつぎに思いたる」という記述は、単なる身分・地位による区別・序列と

いうよりも、個人的な光源氏との愛情の親疎にも大きなウエイトがかかっているように思えてならないのである。

それを踏まえた上で、果たして兵部卿宮の例はどのように解釈すべきなのか、「さしつぎ」の用例の分析・検討を通して、あらためて考察してみたい。

二、「さしつぎ」の用法

手始めに古語辞典を繙《ひもと》いてみたところ、少し気になる記述があった。例えば角川『古語大辞典』では、二番目の意味として、

差次の蔵人。六位蔵人の席次で、極臈の次位に当たるものをいう。「第二臘之を差次と称す」（職原抄・下）。

と記されている。これによれば、六位蔵人の二番目の席次に限って「差次《さしつぎ》」と称されたことになる。そこでもう少し詳細な説明を求めたところ、『国史大事典』（吉川弘文館）の「さしつぎ」項に、

差次。差次蔵人の略称。六位の蔵人四人は着任順に序列が定められていたが、筆頭の極臈蔵人（ごくろうのくろうど）につぎ、第三位の姓で呼ばれる蔵人および第四位の新蔵人の上にある、第二位の者をいう。差次とは極臈のすぐあとにつぐの意。平安時代まで六位の蔵人四人は単に第一臈・第二臈云々と呼んでいたごとくであるが、鎌倉時代の間に他の三者とともに差次の指称がひろく用いられるようになり、鎌倉時代末期・南北朝時代には正式の指称として定着した。

と解説してあった。この説明によれば、「さしつぎ」は一般的な席次（順）ではなく、「次席」に限定された官名ということになる。ただし着任順によるこの呼称は、鎌倉時代以降の制度ということなので、平安時代の『源氏物語』にまで適用するのはためらわれる。

そこであらためて「さしつぎ」の古い用例を調べてみたところ、平安朝文学においては、

うつほ物語２例　　源氏物語11例　　大鏡４例　　栄花物語４例

という結果になった。調べ方がまだ足りないのかもしれないが、用例数の広がりはあまり認められないようである。これを見ただけで、『源氏物語』の用例数が多いことがわかる。

続いて初出である『うつほ物語』の用例を検討したところ、二例とも国譲上巻の用例であり、

・大きなる殿三つあるを、この住み給ふをば宮の君に、今一つさし次ぎたるは大きなる荘々どもの国々なる、むかしより中に宝にしたまひ置いたる細かなる物、源宰相に、今一つの殿、女の使ひたまふべき調度加へて、　（国譲上巻28頁）

・女手にて、
　まだ知らぬ紅葉とまどふうとからじ千鳥の跡もとまらざりけり
さしつぎに、
　飛ぶ鳥に跡あるものと知らすれば雲路は深くふみ通ひけむ
次に片仮名
　いにしへもいま行くさきも道々に思ふ心あり忘るなよ君　（国譲上巻81頁）

と別々に用いられていた。最初の例は季明が弟の正頼に遺言している言葉である。この「さし次ぎ」（動詞）は、所有している三つ大きな殿の中で、二番目に大きな邸という意味である。後の例（名詞）はややわかりにくいものだが、一般には前後の歌の説明に「女手にて」「次に片仮名」とあることから類推して、書法としての「連綿体」（筆の差し継ぎ?）と解されている。

そうなるとこれはやや異質な用法（別語）ということになる。ただし「二番目に」という意味でも通らないことはない。いずれにせよ『うつほ物語』の二例は、ともに人の序列を表すものではなく、前者は二番目と解せることがわかった。

三、兄弟順の「さしつぎ」

さて、「さしつぎ」の用例でもっとも一般的な用法は、系譜における兄弟姉妹の年齢順ということのようである。古い『うつほ物語』にはそれが認められなかったものの、続く『源氏物語』の中には、

・そのころ、按察大納言と聞こゆるは、故致仕の大臣の次郎なり。亡せたまひにし衛門督のさしつぎよ。童よりらうらうじう、はなやかなる心はへものしたまひし人にて、（紅梅巻39頁）

云々と出ていた。按察大納言は亡くなった柏木（長男）のすぐ下の同腹の弟（次男）である。これによれば、長男の同腹のすぐ下の弟（次男）を指すことになる。これは前述した蔵人の次席を意味する例とも通底する。もっともその前にはっきり「次郎」とあるのだから、重複の感

は否めない。そのことは夙に『孟津抄』において、

さしつきよといふ本あり。柏木衛門督のおほえありしにさしつきて此按察大納言世にはなやかなりとみるへし。さしつきよといへはいやかきになる也。

（『源氏物語古注集成6孟津抄下巻』桜楓社・21頁）

と注されていた。これは「さしつぎに」と「さしつぎよ」の本文異同に関する注だが、[5]「さしつぎ」を考える上でも十分参考になる。「いやかき」とは「彌書」で、同じ事を二度書くことである。兄弟の順と解すると彌書（重複）になるが、そうではなく世評・人望のはなやかな順として解しているのである。要するに、ここは亡き柏木に代わる後継者としての按察大納言の資質が問われているわけである。

一般的な兄弟順の用例は『大鏡』にも、

・この小一条院の御さしつぎの二宮敦儀親王をこそは、式部卿とは申すめれ。また次の三宮敦平の親王を、中務の宮と申す。（師尹伝141頁）

・この宮の御母后の御さしつぎの中の君は、三条院の東宮と申しし折の淑景舎とて、はなや

かせたまひしも、（道隆伝257頁）
・さて、その宮の上の御ざしつぎの四の君は、御匣殿と申し。（道隆伝259頁）
・その御さしつぎの尚侍と申しし、三条院の東宮におはしましししに、まゐらせたまうて、（道長伝297頁）

などとある（この四例が『大鏡』の全用例）。最初の例は敦儀親王が小一条院のすぐ下の同腹の弟（二宮）であることを意味している。二つ目は中の君（淑景舎、原子）が定子のすぐ下の妹（次女）であることを述べている。三つ目の例は、四女御匣殿が三女宮の上（帥宮北の方）の同腹の妹であることを述べている。四番目の例は、妍子が彰子のすぐ下の妹（次女）であることを説明している（四例とも敬語の「御」が冠されている）。この中では三つ目の例以外は、全て次男・次女と解せるようである（三例目も三女の次の四女）。

また『栄花物語』にも、

・女君もおはしけり。一所は宮腹の具にておはす。さしつぎは女御にておはしけり。（月の宴巻22頁）
・九条殿の御次郎君とあるは、今の摂政殿の御さしつぎなり、兼通と聞こゆ、宮内卿聞こゆ、

（月の宴巻75頁）

と出ている。前の例は実頼の娘の説明で、村上天皇女御述子は一所（長女）のすぐ下の妹（次女）である。後の例は兼通が謙徳公のすぐ下の弟（次男）であることを示しているが、面白いことに、これに類似した記述が花山たづぬる中納言巻にも、

かくて摂政には、またこの大臣の御さしつぎの九条殿の御二郎、内大臣兼通の大臣なりたまひぬ。

（花山たづぬる中納言巻89頁）

と出ている（この二例にも次郎・二郎とあるので、按察大納言同様重複していることになる?）。歴史物語ではこういった兄弟の序列を示すことが基本なのであろう。

さてここまでの例は、四女である御匣殿の例を除くと、すべて長男・長女の同腹の次男・次女を指すものであった。それでは『源氏物語』の、

・東宮の御さしつぎの女一の宮をこなたにとりわきてかしづきたてまつりたまふ。

（若菜下巻177頁）

はどうであろうか。これは明石女御腹の女一の宮（長女）が東宮（長男）のすぐ下の同腹の妹であることを述べたものである（ここも「御」が冠されている）。そうなると、ここでは男女の違いは問題にならないことになる。ただし藤壺と藤壺女御の場合は、

　この皇女の御母女御こそは、かの宮の御はらからにものしたまひけめ。容貌も、さしつぎには、いとよしと言はれたまひし人なりしかば、いづ方につけても、この姫宮おしなべての際にはよもおはせじ。（若菜上巻41頁）

とあるように、二人は明らかに異母姉妹であった。これまでの例はすべて同腹であったが、藤壺女御は先帝の更衣腹であり、后腹の藤壺とは異腹になる。その上で藤壺女御を藤壺のすぐ下の異母妹としても解釈できそうであるが、本文に「容貌も」とあるのは必ずしも系譜上の年齢順ではなく、容貌（美人）順と解釈することもできそうである。これなど前述の紅梅巻の按察大納言の例とも共通するものである。ここで藤壺の次に顔が良いということについては、藤壺に比べると容貌が劣ると否定的に読むこともできる。

　また朱雀院の行幸の舞楽において、たった一度だけ登場している四の皇子については、

承香殿の御腹の四の皇子、まだ童にて、秋風楽舞ひたまへるなむさしつぎの見物なりける。これらにおもしろさの尽きにければ、こと事に目も移らず、かへりては事ざましにやありけむ。（紅葉賀巻315頁）

とある。光源氏は二の皇子（次男）であるが、承香殿腹の四の皇子（四男）は同腹でもないし、またすぐ下の弟（三の皇子）でもない。そうなるとここも系譜的な「さしつぎ」ではなく、光源氏の舞った青海波の次に、四の皇子の舞った秋風楽の出来が良かったという意味になる。「これらにおもしろさの尽きにければ」とあるので、ここはプラスに解釈することもできそうである。しかしながら四の皇子が具体的にどのように秋風楽をすばらしく舞ったかについては一切描かれていないので、その点にやはり両者の評価の落差を感じてしまう。

こういった例を見ると、「さしつぎ」の基本は同腹の兄弟姉妹の席次であり、特に長男・長女のすぐ下の次男・次女を意味するようにも思える。しかしながら必ずしも年齢順とは言いがたい例も認められたので、次にそういった例を中心に考えてみよう。

四、兄弟順ではない「さしつぎ」

例えば、宇治中の君と浮舟をめぐる薫の回想に、

これに思ひわびてさしつぎには、あさましくて亡せにし人の、いと心幼く、とどこほるところなかりける軽々しさをば思ひながら、（蜻蛉巻260頁）

とある。これは中の君（次女）と異母妹の浮舟（三女）のことであるから、単純に異母姉妹の順とも考えられる。しかしながらこの場合は「その次には」といった軽い意味であって、必ずしも姉妹の順を重視しているわけではなさそうである。

次に朱雀院が秋好中宮に対して、

さしつぎに見るものにもが万代をつげの小櫛の神さぶるまで（若菜上巻43頁）

という歌を贈っている。これは裳着を済ませた女三の宮が、秋好中宮にあやかって幸せになってほしいと祈ったものである。この場合、秋好中宮と女三の宮は姉妹ではないので、「引き続

いて」といった意味で使われていると見ざるをえまい。なお、「さしつぎ」が和歌に用いられているのは、唯一この例だけである（勅撰集にも用例は見あたらないので非歌語）。

三つ目に光源氏の生存中を回想する冷泉院の、

何ごともかのわたりのさしつぎなるべき人難くなりにける世なりや。（竹河巻99頁）

は、光源氏の跡継ぎ（後継者）が不在であることを嘆いている言葉であって、ここも兄弟姉妹の順序とは無縁の「さしつぎ」であった。同様の例として『栄花物語』鳥辺野巻には、

この宮たちは御甥ばかりにおはしませど、内の御有様にさしつぎてあつかひきこえさせたまへる御心ざしのほどを思ほし知りて仕うまつらせたまひて、（鳥辺野巻353頁）

と、詮子が甥にあたる為尊親王・敦道親王を、一条天皇の次に可愛がったとある。これも兄弟順ではないので、むしろ愛情の深さと考えたい（ただしこれは為尊と敦道の二人まとめてであり、両者の間の愛情の差は読みとれない）。この場合はプラスの意味で良さそうである（皇位継承問題とは無縁）。こうしてみると多少の用法の広がりは認められることになる。

興味深いのは、朱雀院の女二の宮（落葉の宮）に関する、

かの皇女こそは、ここにものしたまふ入道の宮よりさしつぎには、らうたうしたまひけれ。（夕霧巻458頁）

という例である。光源氏は夕霧に向かって、女二の宮は女三の宮（入道の宮）の次に朱雀院の愛情が深かったと語っている（女一の宮についてはコメントなし）。これが姉妹の年齢順であれば、女二の宮・女三の宮の順になるはずだが、ここでは異母姉妹の順序が逆転しており、年齢順では解釈不可能なので、やはり愛情順ということにならざるをえまい。

ではこの例は、文字通り朱雀院は女二の宮を女三の宮の次に大切にしていたと素直に解釈すべきであろうか。それとも女三の宮ほどには大切にしていなかったと、ややひねくれて読むべきであろうか。朱雀院が女二の宮をあっさり柏木に降嫁させている点などからして、やはりマイナス要素（評価）が含まれていると考えてもよいのではないだろうか。

五、鬚黒の「さしつぎ」と「下形」

さて『源氏物語』の用例を一通り調べていくうちに、最初にあげた兵部卿宮の例と抵触する

ような例が見つかった。それは鬚黒についての、

この大将は、東宮の女御の御兄弟にぞおはしける。大臣たちを措きたてまつりて、さし次ぎの御おぼえいとやむごとなき君なり。（藤袴巻343頁）

という記述である。「大臣たち」とは必ずしも明瞭ではないものの、(6)基本的には源氏と内大臣（頭中将）のことを指していると見てよかろう。要するにここで東宮（次期天皇）の外戚たる鬚黒大将が、既に「朝廷の御後見となるべかるめる下形《したかた》」（同342頁）としての地位を確立していたのである。しかしこれでは、前述の兵部卿宮の記述と矛盾してしまうことになりかねない。一体、源氏・内大臣に次ぐ真の権勢者は、二人の内のどちらなのであろうか。

そもそも冷泉帝の御代における政権は、「世の中の事、ただなかばを分けて、太政大臣、この大臣の御ままなり」（澪標巻301頁）とあるように、当初は太政大臣となったかつての左大臣と、内大臣になった光源氏に二分されていた（もちろん連合政権）。むしろ兵部卿宮は、光源氏の須磨流謫に際して冷淡にふるまったために、娘（王女御）の入内さえままならぬ状態であったはずである。その後、太政大臣に代わって長男の内大臣が浮上するわけだが、藤袴巻で鬚黒をその二人の「さしつぎ」と認定している以上、若菜下巻までに鬚黒が政治的に失脚でもしない限

り、その地位がいつの間にか兵部卿宮に奪われているとは考えにくいのではないだろうか。

再度若菜下巻の記述を見ると、実は兵部卿宮が「さしつぎ」と規定された直後に、真木柱の姫君をめぐって鬚黒のことが、

大将も、さる世の重しとなりたまふべき下形なれば、姫君の御おぼえ、などてかは軽くはあらむ。（若菜下巻160頁）

と評されていた。「さる世」とは、冷泉帝譲位後（未来）のことと考えられる。藤袴巻と状況はほとんど変わっていないものの、表現が「さしつぎ」から「下形」に変わっている。(7) 若菜下巻の記述は譲位を目前に控えた冷泉帝が、ただ一人の身内（外戚）である兵部卿宮に対して、精一杯の愛情を表出していると読みたい。

ここでもし兵部卿宮と、その娘を北の方にしていた鬚黒が連帯を深めていれば、第三勢力どころか光源氏や内大臣を脅かすような大きな存在になる可能性もあっただろう。ところが鬚黒が玉鬘と結婚したことで北の方は実家に帰ってしまい（離婚成立？）、兵部卿宮との婚姻による連帯は崩壊してしまう（娘真木柱の入内も不可）。それどころか玉鬘は、内大臣の実娘でありかつ光源氏の養女ということで、逆に鬚黒は光源氏側に取り込まれてしまったのである。

しかも兵部卿宮が「さしつぎ」とされた後、その地位を保証してくれていた冷泉帝の譲位がすぐに語られているのである。これによって兵部卿宮の外戚の地位はあっけなく瓦解し、代わって新帝の外戚となった鬚黒が、

左大将、右大臣になりたまひてぞ、世の中の政仕うまつりたまひける。（同165頁）

と、その地位を盤石なものにしており、(8) 以後もはや「さしつぎ」と称されることはなかった。玉鬘の結婚問題に関しては、婿選びを第一に描いているようでありながら、その裏では次期政権をめぐる政治的なかけひきが行われていたのである。その意味で兵部卿宮の「さしつぎ」という待遇は、決して政治上保証された地位ではなく、身内の冷泉帝による極めて私的心情的な、しかも一瞬のあだ花でしかなかったのではないだろうか（桐壺帝の御代における光源氏の処遇にも酷似している）。

結

以上、『源氏物語』における「さしつぎ」について広く用例を分析しつつ考察してきた。その結果、「さしつぎ」は確かに兄弟や年功の序列を示しているようである。特に鎌倉時代にお

いては、蔵人の次席を示す別称として定着していることがわかった。それに近い用法として、歴史物語などでは同腹の長男・長女のすぐ下の次男・次女に限定して用いられている例も多かった。もちろん『源氏物語』においてはそれが比喩的に拡大解釈され、中には兄弟の逆転現象すら生じている例もあるが、それは愛情や美貌などの心的序列として、物語の中で意図的に用いられたからであろう。

興味深い例として、冷泉帝の御代における兵部卿宮と鬚黒の二人に「さしつぎ」が重複して用いられているのは、その背後に玉鬘をめぐる家の問題のみならず、冷泉帝譲位に伴う政権交替といった政治性が込められていたからである。ここでは冷泉帝の個人的な心情の序列が、外戚たる兵部卿宮を制度とは別の幻想的な「さしつぎ」に仕立てていたと考えたい。

なお「さしつぎ」の用例は、原則として二番手をさすようだから、兵部卿宮や鬚黒についても、ナンバー３ではなくナンバー２とすべきではないだろうか。その場合、内大臣は光源氏と対立する第二勢力なのではなく、光源氏とは運命共同体的存在（序列なし）というとらえ方になる。もともと太政大臣は光源氏が「致仕の大臣、摂政したまふべきよし譲りきこえ」（澪標巻283頁）と働きかけて実現したのだし、内大臣にしても雲居の雁と夕霧の結婚によって、血縁関係を一層強固にしていたはずである。(9) もちろん二番であろうと三番であろうと、一番との差は歴然としており、決して一番を脅かすような存在ではなさそうである。その意味ではマイナス評価の方が妥当かもしれない。

本来ならば兵部卿宮は紫の上との婚姻によって源氏としっかり提携して、内大臣の前に「院、親王」と血縁の深さによる結び付きが強調されることもできたはずである。それが「院、大殿」の「さしつぎ」と表記されていることで、両者の連帯の弱さが逆に暗示されていると読みたい。加えて兵部卿宮は次期権力者たる鬚黒との連帯にも失敗しており、政治的なビッグチャンスを二度も逃していることになる。

以上、「さしつぎ」という語は従来ほとんど注目されなかったようであるが、実は様々な序列を語ることにも、物語における重要な意味が担わされていたと読みたい。

注

（1）藤本勝義氏「式部卿宮―「少女」巻の構造―」『源氏物語の想像力―史実と虚構―』（笠間書院）平成6年4月。
（2）吉海「兵部卿宮」『人物で読む源氏物語藤壺の宮』（勉誠出版）平成17年6月。
（3）松尾聰氏「末摘花の巻の一つの鑑賞」『平安時代物語論考』（笠間書院）昭和43年4月。
（4）吉海「末摘花の乳母達」『平安朝の乳母達―『源氏物語』への階梯―』（世界思想社）平成7年9月。
（5）今西祐一郎氏「「衛門督のさしつぎよ」考―『源氏物語』紅梅巻の一文―」語文研究91・平成

13年6月。

（6）光源氏が太政大臣・頭中将が内大臣であるから、当然のことながら左大臣・右大臣がいたはずである。この左右大臣を含めればナンバー5になってしまう。その左大臣はかつての右大臣の息大納言、右大臣は鬚黒の父とも考えられているが、いずれにしても現役の左右大臣が軽視されていることは間違いあるまい。

（7）鬚黒に「下形」（素質）という語が二度用いられているが、これこそ次期政権担当候補者であることを示すキーワードの一つであろう。この語は他の作品に見あたらないようだが、『源氏物語』には四例（藤袴・梅枝・若菜下・鈴虫）用いられている。ただし他の二例には政治的な意味合いは見出せないので、これも特殊用法と考えたい。なお鬚黒は藤袴巻から若菜下巻までの間に右大将から左大将に移っているが、大臣昇進は長く据え置かれていた。ここにも光源氏の政治的配慮があったのかもしれない。

（8）光源氏の地位は、新帝に明石女御（中宮）を入内させ、その皇子が東宮（次期天皇）となることで長く安泰であった。それに対して内大臣側は、外戚政策では源氏に遅れをとり続け、しかも長男の柏木まで急に亡くなることで、二番手の確保すら危うくなっている。鬚黒にしても兵部卿宮にしても子孫の繁栄は見込みがなく、代わって薫が夕霧に次ぐ第二勢力として成長しつつあった（ただし薫の子供も不在）。

（9）吉海「左大臣の暗躍」『源氏物語の新考察』（おうふう）平成15年10月の注（14）では、左大臣の死去に際して、光源氏が喪主のように振舞っていることから、源氏が左大臣の正当な後継者となったことを主張しており、頭中将も源氏の傘下に入ったことを意味するのではないか、と述べている。藤袴巻の「朝廷の御後見となるべかるめる下形」という発言にしても、結局内大臣は髭黒と接近せず玉鬘の処遇一切を源氏の手に委ねていた。

第七章　「さだ過ぐ」は何歳から？

一、問題提起

紅葉賀巻を読んでいて、源典侍の紹介記事にある「さだ過ぐ」という言葉に目がとまった。その本文は次のようになっている。

年いたう老いたる典侍、人もやむごとなく心ばせありて、あてにおぼえ高くはありながら、いみじうあだめいたる心ざまにて、そなたには重からぬあるを、かうさだ過ぐるまで、などさしも乱るらむといぶかしくおぼえたまひければ、戯れ言いひふれてこころみたまふに、似げなくも思はざりける。（紅葉賀巻336頁）

好色な老女源典侍について、最初に「年いたう老いたる」とあるので、後の「さだ過ぐ」は

それなりの高齢を想定してよさそうである。その後、頭中将が加わっての三つ巴の茶番劇の中で、

五十七八の人の、うちとけてもの思ひ騒げるけはひ、えならぬ二十の若人たちの御中にて物怖ぢしたるいとつきなし。（紅葉賀巻343頁）

と源典侍の実年齢が明らかにされ、その上で二十歳前後の若い源氏や頭中将との年齢差を強調することで、一層滑稽味を醸《かも》しだしている。これについて新編全集の頭注には、

ここではじめて典侍の年齢が明記される。前の「年いたう老いたる」「かうさだ過ぐる」からは、せいぜい四十歳台と想像されるだろうから、六十に近いとは意外である。それだけに、彼女の好色な行為がいっそう不似合いである。（341頁）

という示唆的な指摘がされていた。「かうさだ過ぐる」を一般的な「盛りを過ぎる」意味にとると、老女ではなく四十歳台を想定するのが妥当なので、「五十七八歳」を想像することは難しいとのことである。しかしながら「年いたう老いたる」の方からは、「四十歳台」をはるか

に超えた年齢を想像してもおかしくないのではないだろうか。この点の整合性がいささか気になるところである。

もう一つ、「さだ過ぐ」には源典侍よりずっと若い年齢の例が存している。それは朝顔斎院が、

世の末に、さだ過ぎつきなきほどにて、一声もいとまばゆからむと、思して、（朝顔巻485頁）

と述懐している箇所である。帚木巻に朝顔斎院が噂の中で初登場して以来、既に十六年の歳月が経過している。年立によれば、この時源氏は三十二歳である。そのことを踏まえて小山利彦氏は、「朝顔が「さだすぎ」たと自覚している年齢は三十歳台ということになる(1)」としておられる。

ただし朝顔斎院の年齢に関しては、登場以来まったく情報が提示されておらず、源氏と同年齢かどうかさえもわからない。むしろ若い頃の源氏の相手は、源氏より年長の女性ばかりなので、朝顔斎院も年長と見る方が自然ではないだろうか。

それにしても小山氏の三十歳台（後半？）という推定は妥当な見解と思われる。ここに至っ

て「さだ過ぐ」には、三十歳台から五十歳台までの幅広い年齢が許容されることになる。この大雑把ともいえるとらえ方で問題はないのだろうか。

二、用例調査

そこで取りあえず「さだ過ぐ」の用例を調べてみたところ、案外用例数が少ないことがわかった。そのためか古語辞典を見ても、「さだ過ぐ」が立項されていないことが多かった。おそらく「さだ過ぐ」という一語としてではなく、「さだ＋過ぐ」という二語としてとらえられているのであろう。必然的に古語辞典では「さだ」という名詞で立項されているわけだが、それにもかかわらずそこに引用されている用例は、すべて「さだ過ぐ」であった。[2]

これに関しては、『古典対照語い表』(笠間書院)も同様の扱いである。やはり「さだ過ぐ」項はなく、「さだ」項で立項されているからである(資料としている総索引類の編集方針に問題があるのかもしれない)。ちなみにそこに掲載されている用例は、

万葉集2例　　枕草子1例　　源氏物語15例　　紫式部日記3例　　更級日記1例

の総計二十二例(五作品)であった。これに『源氏物語』の複合語「さだ過ぎ人」一例が追加

されている（総計十六例）が、それにしても作品の広がりが乏しいという印象を受ける。

ここまで来て、「さだ過ぐ」についてもっときちんと調べてみたくなったので、先行研究があるかどうか調べてみたところ、望月真氏の「「さだ過ぎ人」考」（国語展望35）昭和48年11月が見つかった。題名こそ「さだ過ぎ人」になっているが、内容は「さだ過ぐ」の用例を広く調査したものであり、参考になることが多い。その中で望月氏は、

「さだ過ぐ」は盛りの年が過ぎる意で、それも「女の盛りなるは」に見られるように多く女性の場合にいう。（64頁）

と妥当な結論を述べられている。私の関心とは多少ずれているが、ここで「多く女性の場合にいう」と指摘されている点には留意しておきたい。

あらためて「さだ過ぐ」の用例を広く調べてみたところ、次のような結果になった。

万葉集2例	うつほ物語1例	枕草子1例	和泉式部集1例
源氏物語16例	紫式部日記3例	更級日記1例	浜松中納言物語1例
夜の寝覚5例	狭衣物語3例	栄花物語3例	とりかへばや1例

これによれば十二の作品に計三十八例が使用されていることになる。用例数は『古典対照語い表』より十六例の増加に留まるが、作品の数は二倍以上に広がった。この調査結果から、初出は『万葉集』ということになりそうだ。

ここで前述の「さだ」の用例と比較してみたところ、掲載されていた五作品の用例数は完全に一致していた。要するに「さだ」単独では一切使用されておらず、「さだ過ぐ」という形でのみ用いられていることがわかる。

そのことは小学館『古語大辞典』の「さだ」項に、

さだ〔名〕時。特に、盛りの時。青春。「しだ」とも。[3] 多く「さだ過ぐ」の形で用いられる。

と解説されていることからも明らかである（「多く」とあっても、単独例はあげられていない）。角川『古語大辞典』ではさすがに「さだ過ぐ」で立項されており、

「さだ」が過ぎる意で、ことをなすによい時期を逸することをいう。男の壮年期を過ぎる

こと、女の年ごろを過ぎることに用いる。

と説明されている（男女で微妙なニュアンスの違いが感じられる）。これによれば、望月氏の言われている女性の例だけでなく、男性の用例もあることになる。ただし源典侍のような老人という解釈はどこにも提示されていない。となると源典侍の例は特殊（例外）なのであろうか。

用例全般から言えることは、まず上代に既に用例があること、しかも歌語として用いられていることである。平安朝においても『和泉式部集』では和歌に用いられており、少ないながらも歌語として『万葉集』を継承していることになる。その上で紫式部にかかわる『源氏物語』十六例・『紫式部日記』三例が突出していることに気づく（全用例数の半分）。既に『和訓栞』に「源氏物語に多き詞也」(4)と指摘されているように、「さだ過ぐ」は『源氏物語』の特殊用語と言えそうだ（もちろんほとんどの語の用例数は、分量の多い『源氏物語』が突出しているのだが）。それは『源氏物語』が恋物語であること、また女性の心内を描き出しているからでもあろう。

その『源氏物語』の影響を受けてか、『源氏物語』以前よりも以後の平安後期物語において用例がやや増加している。具体的には『夜の寝覚』五例・『狭衣物語』三例・『浜松中納言物語』一例である（ここに『更級日記』一例を加えて計十例にすることもできる）。それにしても用例の広がりは意外に少ない。

三、『源氏物語』以前の用例

次に手順として、『源氏物語』以前の用例を検討しておこう。『万葉集』の二例は次の二首だが、重複歌と見てよさそうである。

沖つ波へ波の来寄る左太の浦このさだ過ぎて後恋ひむかも　（万葉集二七三二）
沖つ波へ波の来寄る貞の浦このさだ過ぎて後恋ひむかも　（万葉集三一六〇）

「左太の浦」も「貞の浦」もともに所在地未詳である。ここでは上の句が同音の「さだ」を導く序詞として用いられている。意味については新編全集の頭注に、「この機会を逸しては」と記されている。これは角川『古語大辞典』の「よい時期を逸する」という説明と一致している。

興味深いのは、頭注に「適時・盛時が過ぎる意の中古語サダスギもこれから出たものであろう。」とコメントが施されている点である。ここでは『万葉集』と中古では意味が異なっていることに留意したい。

以上のことを私なりにまとめれば、『万葉集』の用例が「機会（時）を逸する」という意味であるのに対して、中古では同じ語が「盛り（適齢期）を過ぎる」の意味に大きく変容・転換していることになる。それも『源氏物語』の表現の特徴の一つだろうが、ではどこからそれが始まっているのだろうか。そこで平安時代の用例の中で一番早い『うつほ物語』の例を検討してみたい。これは梨壺懐妊のことである。

大将、「さだ過ぎたることになむ。梨壺の御ことなり」（蔵開中巻496頁）

これについて新編全集の頭注には、「時機を逸したことですが」とある。とすると『うつほ物語』は、散文ながらも『万葉集』の用法と同様であり、「盛りを過ぎる」意味では使用されていないことになる。そのことはさらに『和泉式部集』の歌も同様であった。

木幡僧都の家焼けたる、人づていひやるがはしに
出でにける門のほかをし知らぬ身はとふべき程もさだ過ぎにけり（和泉式部集四八四）
かへし
とはぬをも恨むる心今はなし車にのらぬ程ぞうかりし（四八五）

ここは仏教を踏まえた贈答になっているが、やはり『万葉集』と同様に「時機を逸する」意味になっている。こうなると前述の『万葉集』の頭注にあった「中古語」云々は修正が必要になってくる。少なくともここにあげた『うつほ物語』と『和泉式部集』の用例は、平安時代の作品でありながらも『万葉集』の用法を継承しているからである。

そのことは小学館『日本国語大辞典』の説明によって確認することができる。というのも「さだすぐ」項に、

①それに適した、またはつごうのよい時が過ぎる。時機を失する。

という意味の説明の事例として、『万葉集』・『うつほ物語』・『和泉式部集』の例が並べて掲載されているからである。そうなると明確に上代と中古で「さだ過ぐ」の意味が変容しているわけではなく、微妙に重なっていることになる。

また二つ目の意味として、

②盛りの年齢を過ぎる。年老いる。また年寄りじみる。

とあり、その事例として『枕草子』・『栄花物語』の例が引用されている（何故かここに最も用例の多い『源氏物語』の引用がない）。そこであらためて『枕草子』の例を調べてみたところ、

いとさだ過ぎ、ふるぶるしき人の、髪などもわがにはあらねばにや、（七九段143頁）

とあった。これは下に「ふるぶるしき人」とあって、いかにも老人を想起させるが、実は清少納言自身のことを自虐的に述べたところである。頭注には「作者自身のこと。この年三十歳ぐらいか」と記されている。「いと」とあっても意外に若いのではないだろうか。

どうやら「さだ過ぐ」の古い用法は、「時機を逸する」という意味であり、それが『枕草子』に至って、唐突に「盛りを過ぎる」意味に転用されたことになりそうだ。

四、『源氏物語』の用例

次に用例の多い『源氏物語』の用例を検討してみたい。試みに巻毎に分類してみたところ、内訳は以下のようになった。三例以上ある巻は見当たらないので、特定の巻に用例が集中しているわけではなさそうである。傾向としては宇治十帖にやや多いといえる。

若紫巻2例　紅葉賀巻2例　朝顔巻1例　少女巻2例　若菜下巻2例
竹河巻2例　橋姫巻2例　宿木巻1例　手習巻2例

続いて内容を検討した結果、『万葉集』を継承するような「時機を逸する」意味の用例は皆無であることがわかった。やはり『枕草子』に至って、言葉の意味が大きく転換したようだ。

さらに使用されている人物毎に分類してみたところ、顕著な傾向が認められた。それは「さだ過ぐ」が二つの意味に分かれていることである。一つは「年寄る・老いる」という意味で用いられている例、もう一つは必ずしも老齢ではなく、「女の盛りが過ぎた」意味で用いられている例である。

「年寄る・老いる」の意味で用いられている人物として、前述の源典侍以外に弘徽殿・弁の尼・小野の妹尼などがあげられる（すべて年齢が高い）。

まず源典侍だが、最初にあげた例に加えてもう一例、

手はいとさだ過ぎたれど、よしなからず　（紅葉賀巻337頁）

があげられる。これは「手は」とあるように、年齢ではなく筆跡についてのコメントなので、

間接的な用法ということになる。ついでながら源典侍の歌に、

君し来ば手なれの駒に刈り飼はむさかり過ぎたる下葉なりとも　（紅葉賀巻338頁）

と「さだ過ぐ」に近い「さかり過ぐ」が用いられていた。源典侍は六十近い老女であっても、好色でまだ現役の女性として描かれているので、「さだ過ぐ」が皮肉を込めて一般例より高齢になっているのかもしれない。

次に桐壺巻に登場していた弘徽殿大后のことが少女巻に至って、

いたうさだ過ぎたまひにける御けはひにも、　（少女巻74頁）

と記されている。頭注には「大后はこのころ五十七、八歳くらいか」と記されており、前述の源典侍とほぼ同年齢であった。もちろん弘徽殿は決して好色ではないので、この場合は長寿の弘徽殿と早世した藤壺の対比に主眼があると考えられる。

続いて宇治十帖の弁の尼の例が三例あげられる。

・したたかに言ふ声のさだ過ぎたるも、かたはらいたく君たちは思す。（橋姫巻143頁）
・おほかた、さだ過ぎたる人は涙もろなるものとは見聞きたまへど、（橋姫巻145頁）
・ほかにては、かばかりにさだ過ぎなん人を、何かと見入れてあまふべきにもあらねど、（宿木巻457頁）

橋姫巻における弁の尼の年齢は、「弁の君とぞいひける。年は六十にすこし足らぬほどなれど」（159頁）とあるので、やはり源典侍・弘徽殿とほぼ同年齢であることがわかる。宿木巻の例を含めて、弁の尼は三例もの「さだ過ぎ」によって、老女であること（過去の女性であること）が強調されていることになる。

もう一人、浮舟を救った小野の妹尼についても、

かくさだすぎにける人の心をやるめるをりをりにつけては思ひ出づ。（手習巻302頁）

と記されている。当時尼君は五十歳くらいとされているので、五十歳台ではあるものの、他の女性よりは少しだけ若返ったことになる（たいした違いは認められない）。ついでにもう一例、

さだすぎたる尼額の見つかぬに、もの好みするに、（手習巻326頁）

もあげておきたい。詳細未詳だが、これは妹尼に仕える少将の尼（女房）のことである。「見つかぬ」は髪が薄くてみっともないという意味なので、年齢もほぼ同じと見てよかろう。なおこの二例は、既に出家して尼になっている人の例である。

五、『紫式部日記』の用例

以上の例はかなりの年配（老人）であったが、先の『枕草子』の用例では、三十歳前後の清少納言が「さだ過ぐ」を口にしていた。そこであらためて清少納言に近い例として、『紫式部日記』の例を検討してみたい。

さだすぎたりとつきしろふも知らず、扇をとり、たはぶれごとのはしたなきも多かり。（164頁）

これは右大臣顕光を揶揄したものである。頭注には「盛りの年齢を過ぎること。右大臣顕光は当年六十五歳。」と記されている（用例の中で最高齢者か）。女房にちょっかいを出している顕光に対して、「盛りの年齢を過ぎる」というのでは適訳ではあるまい。むしろ積極的に「年寄り」であることを表に出して、自分の年齢も弁えずという批判・批難が込められていると見る方がよさそうである。

二つ目の用例は左京の君（女房）のことである。

すこしさだすぎたまひにたるわたりにて、櫛のそりざまなむなほなほしき。（181頁）

この左京の君の年齢は不詳であるが、(5)「すこし」とあるのでまださほどの年寄りではないのかもしれない。これに関しては情報不足なので保留とせざるをえない。そのすぐ後に三つ目として紫式部自身のことが、

さだすぎぬるをかうばかりにてぞかくろふる。（182頁）

と記されている。あるいは前の左京の君の例と連動しているのかもしれない。紫式部についても正確な生没年が未詳なので、この時何歳だったかは特定できない。これに関して前述の小山氏は、紫式部天元元年（九七八年）出生説に依拠されて、当時（寛弘五年）の年齢を三十一歳と

想定されている。(6) そうなると清少納言・紫式部・朝顔斎院の年齢が三十歳台でほぼ横並びになる。妥当な見解であろう。

参考までに望月氏が提示されている『梁塵秘抄』の、

女の盛りなるは、十四五六歳廿三四とか、三十四五にし成ぬれば、紅葉の下葉に異ならず。

（291頁）

をあげておきたい。これに依拠すれば、確かに三十歳台は既に女の盛りを過ぎていることになるからである。また賀茂真淵の『源氏物語新釈』の注にも、

人の定は三十なり。それ過ぐるをさだ過ぐるといふ。〈中略〉此内侍は末に五十七八といへば上にとしいたうおいたると云は実なり。

（『賀茂真淵全集十三巻』261頁）

と注されている。ただし宇治八宮の大君が、

盛り過ぎたるさまどもに、あざやかなる花の色々、似つかはしからぬをさし縫ひつつ、あ

りつかずとりつくろひたる姿どもの、罪ゆるされたるもなきを見わたされたまひて、姫宮、我もやうやう盛り過ぎぬる身ぞかし。（総角巻280頁）

と自らを述懐している例もある。大君は当時まだ二十六歳であり、「さだ過ぎ」たとする朝顔斎院等よりさらに若かった。これは必ずしも一般例ではなく、大君自身の考え方の特徴であろう。このことが大君の結婚拒否の根底にあるのかもしれない。

六、何歳過ぎか

もう一つ、その中間層として祖母尼君・花散里・源氏・冷泉院・玉鬘の例が存在する。これはほぼ四十歳台である。ここで一つの目安として、四十歳（老人の仲間入り）を超えるか否かという線引きもできそうである。

まず紫の上の祖母尼君だが、

・さだ過ぎたる御目どもには、目もあやに好ましう見ゆ。（若紫巻228頁）

・年ごろも、あつしくさだすぎたまへる人に添ひたまへる、（同248頁）

の二例が見つかった。前の例の頭注には、「盛りの年齢を過ぎた尼君たちの」と記されている。祖母あるいは尼君とあると、もっと高齢を想像しがちだが、若紫巻における祖母尼君の年齢は、まだ「四十余ばかり」（206頁）とあった。もちろんそれは源氏による推定年齢であるから誤解も混じっていようが、それでも四十歳台と見てよさそうである。

次に花散里の例は、

もとよりすぐれざりける御容貌の、ややさだ過ぎたる心地して、痩せ痩せに御髪少なななるなどが、かくそしらはしきなりけり。（少女巻68頁）

とある。花散里の正確な年齢もわからないものの、これは源氏三十三歳以降なので、源氏よりかなり年長の花散里は、ここで四十歳前後と見たい。もちろん「やや」を重視して三十歳後半でもかまわない。案外、花散里と朝顔斎院は同世代かもしれない。

次に竹河巻の冷泉院と玉鬘の例を見てみよう。

・今は、まいて、さだ過ぎすさまじきありさまに思ひ棄てたまふとも、（竹河巻61頁）

・今日は、さだ過ぎにたる身の憂へなど聞こゆべきついでにもあらずとつつみはべれど、

（竹河巻108頁）

前の例は冷泉院の卑下を含む表現であり、後の例は玉鬘が薫に向かって卑下している例である。しかし薫の目には、

古りがたくもおはするかな、かかれば、院の上は、恨みたまふ御心絶えぬぞかし。いまつひに、事ひき出でたまひてん、と思ふ。（竹河巻108頁）

と若々しく映っている。玉鬘は娘の大君を冷泉院に入内させることになるが、当時冷泉院は四十三歳、玉鬘は四十八歳であった。ここでは過去の二人の記憶が想起されることで、両者相互に時間の経過を意識して「さだ過ぐ」が使用されているのであろう。

最後に光源氏の例として、

・また今は、こよなくさだすぎにたるありさまも、侮らはしく目馴れてのみ見なしたまふらむも、（若菜下巻269頁）

・さだすぎ人をも、同じくなずらへきこえて、いたくな軽めたまひそ。（若菜下巻269頁）

の二例をあげたい。当時源氏は四十七歳であった。ここは近いところに二例集中しているのが特徴である。これは女三の宮と柏木の密通を前提として、若い柏木と対照的に自らの老いを自嘲しながら、女三の宮を訓戒しているところである。そのためか「さだ過ぎ人」は、この一例以外に用例の認められない特殊表現（造語）であった。(7)

　こうしてみると、「さだ過ぐ」は、原則四十歳過ぎということで、過半数の例が処理できそうである。しかも源氏を含めた男性の例は、すべて四十歳以降であった。ここで角川『古語大辞典』に「男の壮年期を過ぎること、女の年ごろを過ぎることに用いる。」とあったことが想起される。あるいは「壮年期を過ぎること」が四十歳台、「年ごろを過ぎること」が三十歳台と、男女で使い分けされているのかもしれない。

　また「さだ過ぐ」だけに、女性に用例が集中していることも、望月氏の指摘されている通りである。加えてそれが恋愛感情と密接に関わっていることも指摘しておきたい。その上で、自らを卑下する場合は、女性は三十歳・男性は四十歳というのが一般的な「盛りが過ぎる」にふさわしい年齢設定ではないだろうか。それに対して源典侍のような高齢の場合は、他者による批判を含む特殊用法と言えそうである。

七、『源氏物語』以後の用例

最後に『源氏物語』以後の用例を一渡り見ておきたい。まずは『栄花物語』だが、なんとすべて後一条天皇の皇后威子に用例が集中していた。

・かくさだすぎ、何ごとも見苦しき有り様にて、（殿上の花見192頁）
・わが方ざまは何ごともさだすぎ、うちとけあやしき目移しに、（同195頁）
・ましてさだすぎなどせさせたまふべきにはあらず。（歌合228頁）

当時、威子は「中宮はこのごろぞ三十二ばかりにおはします」（195頁）とあるように、「殿上の花見」巻では三十二歳、また「歌合」巻では「三十五六」（228頁）であるから、それこそ三十歳台の卑下の例と見てよさそうである。

次に『更級日記』を見ると、

年はややさだ過ぎゆくに、若々しきやうなるも、つきなうおぼえならるるうちに、（354頁）

と出ていた。菅原孝標女が宮仕えしたのは三十一歳とされているので、これも自身の卑下の例と見てよかろう。その孝標女の作ともされている『夜の寝覚』には、『源氏物語』に次ぐ五例もの用例が用いられているが、そのうちの四例は寝覚の上の老関白に集中していた(8)。

・深うはあるまじかりし齢に、さだすぎたまへりし人にゆきかかり、（巻三261頁）
・今はおのれは、さだ過ぎにたるに、いとあなづらはしく思ひはべるめるを、（巻三265頁）
・故大臣、さだ過ぎたまへりしかど、いとこちごちしく、わららかにやさしかりし人の、（巻五488頁）
・すこしさだ過ぎ、世のつねのなべてのさまなりし昔の御心のみ恋しく、（巻五540頁）

『夜の寝覚』には明らかに用例の偏りがあり、「さだ過ぎ」を寝覚の上の夫であった老関白という人物のキーワードとして、意図的に用いていると考えられる。その老関白の年齢は不詳だが、設定としては『紫式部日記』の顕光のような老人のイメージがふさわしいのではないだろうか（ただし性格面は別）。

『狭衣物語』の三例は次のようなものである。まずは狭衣の母宮が源氏の宮の代筆をするこ

とについて、

されば、さだ過ぎたまふらんはいかがとおぼへはべるなり。（巻二243頁）

と卑下している。当時二十歳くらいの狭衣であるから、その母は四十歳前後であろうか。次は狭衣から送られてきた後朝の文を見ての女院の言葉であるが、

さだ過ぎたらんは、かたはなるべければ、ことさらばかり。（巻三109頁）

とある。これが一品の宮のことであれば三十歳くらいでちょうどいいが、その母である女院となると五十歳近くになるかもしれない。

続いて年配の女房の言葉として、

大人しき人々は、「かやうのさだ過ぎたるさまにては、さし出でにくくはべりけり。」（巻三156頁）

とあるが、これだけでは年齢の特定はできそうもない（さほどの老齢でもなかろう）。
次に『浜松中納言物語』の例は、乳母の娘のことが、

　乳母のむすめどもぞ、三人ばかりきたなげなくてありける。それもみなさだ過ぎ、おとろへて、大姉は尼になりにき。いま二人はねびにたる姿にて、　（浜松中納言物語224頁）

とあって、それなりに年を取っているようであるが、情報不足で年齢の特定はできそうもない。

最後に『とりかへばや物語』の例は、

　その中にまた、年さだ過ぎたまひにたる親のいたづらになりたまひぬべきがいといみじくはべるなり。　（とりかへばや物語356頁）

であり、頭注には「左大臣の年齢は不明。「年さだ過ぎ」とあるが、女君が十九歳であるから、四〇代半ばあたりと見てよいか」と記されている。「四〇代」という設定に資料的根拠は認められないものの、それは女君の誕生時点で父の年齢を二十五歳くらいと推定して計算しているのであろう。ここでは便宜的に四十歳前後と見ておきたい。

結

以上、「さだ過ぐ」という言葉に注目して、その用例を広く検討してきた。ここであらためてまとめておきたい。まず『万葉集』の用法と『枕草子』以降の用法が異なっていることがあげられる。また『枕草子』以降の作品がほとんど女流文学に偏っていることで、男性よりも女性に用いられる場合が多いことも特徴の一つである。それに連動して、「さだ過き」た人物が尼になっている例も少なくなかった。

原則として、「さだ過ぐ」は老人の域とされる四十歳を過ぎた人に用いられると見てよさそうである。その使用範囲は当然老人の域に入る四十歳台が最も多いが、五十歳台・六十歳台にまで及んでいる。むしろ高齢の場合は、源典侍の例のように批判や滑稽味を含んでいると言えそうだ。なお源氏や冷泉院といった男性の用例は、女性より十歳ほど年齢が高くなっている。それは盛りの期間が女性よりも長いからかもしれない。

特例として、三十歳台の女性の例もあったが、その場合は自身による卑下や謙遜を伴っていることがほとんどである。なお二十歳台の宇治大君の「盛り過ぎ」の例は、結婚拒否と深く関わっていると考えられる。

注

（1）小山利彦氏「朝顔の周辺と斎院御禊のこと」『源氏物語宮廷行事の展開』（おうふう）平成3年9月

（2）三省堂『全訳読解古語辞典第四版』（平成25年）を見ると、「さだ」と「さだすぐ」の両方が立項されていた。しかも「さだすぐ」の意味として、ようやく「年老いる」が出ていた。

（3）「しだ」に関しては『角川古語大辞典』の「さだ」項に、「上代東国語の「しだ」と同じで、後世、動詞の連用形に接して「行きしな」などと用いる「しな」は、その転という」と解説されている。

（4）これより以前、契沖の『万葉代匠記』にも「源氏物語などに多き詞なり」（契沖全集五巻212頁）とある。なお初稿本の「此さた過ては、此比過ての心なり」が、精選本で「此左大過ては年の比の過るなり」と修正されているのは、『源氏物語』の用法を知ってのことであろう。

（5）頭注には、「もと内裏女房の左京が舞姫の付添のような落ちぶれた役で来ているのを見つけてわざわざ凝ったいたづらをする」（182頁）と記されている。

（6）小山利彦氏「さだ過ぎた朝顔の斎院―光源氏の皇権との連関―」『源氏物語の鑑賞と基礎知識33薄雲・朝顔』（竹林舎）平成16年4月参照。ただし今井源衛氏の天禄元年（九七〇年）説もある（『紫式部』吉川弘文館）。少なくとも「さだ過ぐ」を根拠にして今井説を排除することはできそうもない。

（7）源氏に関しては、四十の賀以後に「過ぐる齢」という類義語が四例集中して用いられている（若菜上巻57頁・若菜下巻273頁・若菜下巻280頁・鈴虫巻386頁）。また『源氏物語』以前では『古今集』八九六番・八九八番・『伊勢物語』五十一段に用いられており、本来は歌語だったことがわかる。

（8）残りの一例は、大皇の宮の述懐で、

こよなうさだ過ぎたまへりし、世のつねの人ざまに、ひき移され、（巻四388頁）

である。

第八章　「尻かけ」というポーズ

一、問題提起

『源氏物語』帚木巻における「雨夜の品定め」で、左馬頭が語った浮気な木枯らしの女の話に、次のような一文がある。

月だに宿る住み処を過ぎむもさすがにておりはべりぬかし。もとよりさる心をかはせるにやありけむ、この男いたくすずろきて、門近き廊の簀子だつものに尻かけてとばかり月を見る。（帚木巻78頁）

これは男が風流ぶって簀子に「尻かけ」て月を見る場面であるが、この行為は女の視線を意識しての気取ったポーズと考えられる。新編全集の頭注に「当時の男性の伊達姿」とあるのも、そのように解釈しているからであろう。

傍線を施した「尻かけ」は、漢字を当てると「尻掛け」であり、現在の「腰掛ける・すわる」に相当する平凡な動作である。この「尻かけ」は、あまりに平易な言葉と思われたのか、あるいは表現（動詞）として熟していないと思われたのかわからないものの、ほとんどの古語辞典に立項されていない。(1) その理由の一つとして、助詞「を」を伴った「尻を掛け」という一般的な言い方が存するからであろう（「腰掛ける」も「腰を掛ける」が可能である）。

その例として、例えば『今昔物語集』巻二十六第十三には、兵衛佐何某の話の中に、

馬ヲモ引入テ、夕立ヲ過サントスルニ、家ノ内ニ平ナル石ノ、碁盤ノ様ナル有。其ニ尻ヲ打懸テ、（533頁）

と出ている。これは接頭語「うち」を伴っているので、なるほど「尻を掛け」でよさそうである。ただしそのすぐ後に老婆の言葉として、

然テ、其尻懸サセ給ヘル石ハ、其倉ノ跡ヲ畠ニ作ラント思テ、畝ヲ掘ル間ニ、土ノ下ヨリ被掘出テ候ヒシ也。（534頁）

とあるが、こちらは明らかに「尻かけ」であろう。もちろん兵衛佐は決して気取って石にすわっているわけではないので、この例は美的ポーズとは断言しがたい（同話を載せる『宇治拾遺物語』巻十三第一も同じ）。

また『三国伝記』巻三第九にも、

当山ノ大川ノ下武麿ガ家ノ前ニ六十計ノ客、俗狩衣装束ニテ石ノ上ニ尻ヲ懸テ覚ニ有リ。

（三弥井書店本173頁）

と出ている（『長谷寺霊験記』上にも同話あり）。これも「尻を懸け」と読まれているようだが、格助詞「を」を補わずにそのまま「尻懸け」と読むこともできそうである。

以上、説話における用例を検討してきたが、この二例は決して美的ポーズとは認められないものの、「石」に「尻かけ」るというパターンを読み取ることはできる。本来「石」はすわるものではないからである。「すわる」（居）とのニュアンスの違いを重視したとすると、本来すわるものでないものに仮にすわるのが「尻かけ」ということになるのかもしれない。

こういった漢文訓読的な作品が、これまで「尻かけ」という熟語を認めていなかったとすれば、市販の総索引で用例を検索することは不能であるから、もっと丹念に探せば「尻かけ」の用例をもう少し発見できる可能性は残されている。

例えば『大鏡』道隆伝には、敦康親王の立太子がかなわなかった中関白家の藤原隆家が、

わが御家の日隠の間に尻うちかけて、手をはたはたと打ちゐたまへりける。（274頁）

と悔しがっている記述がある。また『堤中納言物語』中の『はいずみ』にも、

さもあらむと思ひて、とまりて、尻うちかけて居たり。（492頁）

と出ている。これは前妻を送り出した男が簀子に腰掛けている描写である。(2) これらは前述の『今昔物語集』巻二十六第十三同様に、接頭語「うち」が添えられている例であり、そのためにやはり索引検索では引っかからないものである。ただし「尻うちかけ」に続いて動詞「ゐ（居）」があるので、これも一種のポーズであることは間違いあるまい（ただし美的とは言いがたい）。

二、兼好法師の二例

それ以外の例として、『金葉集』歌人である源行宗（行尊の弟）の家集『行宗集』に、

田家秋雨

山里のつぐらの上に尻かけておしねこく間に雨ぞ降りける　（三一五番）

という歌があることがわかった。「つぐら」は藁製の入れ物、「おしねこく」は遅できの稲を脱穀するという意であろう。このわずか一例のみではあるが、「尻かけ」が歌に詠み込まれていることにも留意しておきたい（やはり美的所作ではない）。

その後、『徒然草』百五段に「尻かけ」が唐突に用いられているのが見つかった。

有明の月さやかなれども、隈なくはあらぬに、人離れなる御堂の廊に、なみなみにはあらずと見ゆる男、女となげしに尻かけて、物語するさまこそ、何事かあらん、尽きすまじけれ。　（162頁）

ここは物語的虚構章段とされているところである。なるほど「廊」・「月」等、帚木巻と非常に類似した構成・描写になっている。恐らく兼好は、意図的に『源氏物語』的な雰囲気を醸《かも》し出そうとしているのであろう（ただし男女二人で「尻かけ」ている点は斬新）。『徒然草』百五段を『源氏物語』帚木巻の引用と見ることは容易であるが、肝心の「尻かけ」についてはほとんど注目されていないようである。

しかしながら加えてもう一例、『兼好法師集』の中にも、

冬の夜、あれたる所のすのこにしりかけて、木だかき松のこのまよりくまなくもりたる月を見て、あか月まで物がたりし侍ける人に

おもひいづやのきのしのぶに霜さえて松の葉わけの月を見し夜は　（三二番）

という類似した詞書がみつかった。この詞書と『徒然草』百五段は「冬」という季節、「長押」と「簀子」の類似、小道具としての「月」、「物語」という用語の一致など、同じ構想で書かれたものと推察される。もしそうなら、物語的虚構ではなくて兼好法師の実体験に基づくことになるが、いかがであろうか。(3) もちろんその反対に、家集の詞書自体を積極的に虚構と見ることもできよう。

いずれにしても、男性美表現としては不首尾に終わった『源氏物語』の「尻かけ」を、兼好法師が『徒然草』と『兼好法師集』に一例ずつ用いていることは非常に興味深い。兼好法師は二条流歌道の重鎮であるから、必然的に『徒然草』の中に『源氏物語』が二重写しにされているのであろう。(4)

この二例の場合、詞書の方は気取ったポーズと取れなくもないが、百五段の方は男女ペアであるから、必ずしも男の気取ったポーズとは言いがたい。この場合はむしろ男女の睦まじい姿（恋愛場面）を髣髴させる描写と考えたい。

三、『無名草子』の用例

ところで、『無名草子』中の「あはれなること」（源氏物語の節々一）に、注目すべき用例が存する。それは亡き宇治の大君を慕う薫の悲哀を描写した、

また、やり水のほとりのいわにしりかけて、とみにもたちたまはで、
　たえはてぬし水になどかなき人のおもかげをだにとゞめざりけむ
とのたまふこそ、いみじくあはれにうらやましけれ。　（和泉書院42頁）

である（ここも「石」ならぬ「岩」である）。実はこの部分、肝心の『源氏物語』東屋巻には、

遣水のほとりなる岩にゐたまひて、とみにも立たれず、
絶えはてぬ清水になどかなき人のおもかげをだにとどめざりけん
涙を拭いつつ、（東屋巻85頁）

とあって、「尻かけ」部分が「ゐ」になっていた。もちろん「ゐ（居）」は「すわる」意味であるから、どちらにしても大きな解釈の違いが生じることはない。では、一体どうしてこのような本文異同が生じたのであろうか。

参考までに『源氏物語大成』校異篇で該当個所を調べてみたところ、「尻かけ」を有するものは一切見あたらなかった（大島本には「とみにも立たれず」も存しない）。これをどのように考えたらいいのであろうか。あるいは『無名草子』は、かつては存在したが今は欠落してしまった、「尻かけ」本文を有する幻の『源氏物語』から引用しているのであろうか。しかしながらこの考えは積極的には支持できそうもない。と言うのも、同じく『無名草子』の「あはれなること」章中に、源氏が亡き紫の上の消息を経紙に漉き直すところがあるが、そこでもここと同様の本文異同が認められるからである。(5)

そうなるとむしろ誤写という以上に、『無名草子』が『源氏物語』本文を意図的に改変して抄出引用している可能性が高くなる。

そのことは吉海が、『平安文学選』（和泉書院）という古典文学史用のテキスト版で『無名草子』を担当した際、この部分を本文として採用し、その頭注に、

> 大君の死後も変わらぬ薫の愛を高く評価する。それは薫讃美であると同時に、大君の中に女の幸福の理想を見ていた。そこに死を越えた「あはれ」がある。（和泉書院128頁）

と、いかにもわかったようなコメントを記したことがある。しかしながら当時は、問題の「尻かけ」の重要性には全く気付いておらず、そのために一言の注記も施すことができていないのである。

その後、特殊表現（美的ポーズ）たる「つら杖」について論じた際、ようやく「尻かけ」の特殊性にも気付き、とりあえず論文の注に、

> 「尻かく」は現在の「腰掛ける」に近い表現であるが、その用例は極めて少ない。管見では、わずかに『源氏物語』に一例、

もとよりさる心をかはせるにやありけむ、この男いたくすずろきて、門近き廊の簀子だつものに尻かけてとばかり月を見る。

（完訳本帚木巻164頁）

と、『無名草子』に一例、

また、遣水のほとりの岩にしりかけて、とみにもたちたまはで、「絶え果てぬ清水になどか亡き人の面影をだにとどめざりけむ」とのたまふこそ、いみじくあはれにうらやましけれ。

（完訳本『無名草子』239頁）

が認められる程度であった。そのため主要な古語辞典でも独立して項目を立てられていない。しかし単純ではあるものの重要な表現（男性の気取ったポーズ）であることは間違いあるまい。なお『無名草子』の用例は、東屋巻における薫の用例だが、肝心の『源氏物語』本文では「岩にゐたまひて」と相違している。反対に帚木巻の用例は、『無名草子』には取り上げられていない。

（362頁）

と、その要点だけをコメントしておいた次第である。(6)

結

どうやら「尻かけ」の初出は、『源氏物語』帚木巻の用例ということになりそうである。残念なことにそれが主人公の動作ではなかったために、『無名草子』には引用されなかった。あるいは左馬頭は批判的な気持ちを込めて用いているのかもしれない。一方、東屋巻の薫は、意識すべき大君は既に亡くなっているのだから、わざわざ気取ったポーズをとる必要はあるまい（女房などの視線も認められない）。[7]

そうなると『無名草子』の例は、必ずしも薫の意識的な行為なのではなく、むしろ『無名草子』という作品が、悲嘆にくれる薫の姿を美的に描写しようとして、『源氏物語』の「ゐ」本文をあえて「尻かけ」に改変したのではないだろうか。つまりこれは薫自身の問題ではなく、『無名草子』の物語解釈ということになる。

仮に『源氏物語』が薫に「尻かけ」を用いていれば、あるいは美的ポーズとしての展開も可能であったかもしれない。しかし東屋巻で「ゐ」が使われたことで、その可能性は閉ざされてしまった。これを深読みすれば、『源氏物語』は「尻かけ」をあくまで「えせ風流」な行為として、薫には用いなかったのかもしれない。

以上のことをまとめると、次のようになる。

①「尻かけ」の用例は極めて少ない（全十例）。

②全十例中四例は「岩（石）」に「尻かけ」るなど、本来すわるべきでないものにすわる場

合に用いられる。その意味で「居」とは異なる。
③帚木巻の用例は「尻かけ」の初出例であり、また一種のえせ風流的ポーズと考えられる。
④説話類の漢文訓読では「尻かけ」を熟語として認めない傾向にある。
⑤歌にも一例だけ詠まれているが、美的表現ではない。
⑥兼好の作品に二例も「尻かけ」が用いられているが、これは『源氏物語』引用と考えられる。
⑦『無名草子』の『源氏物語』引用には、解釈を伴う意図的な本文改訂がある。
⑧詞書に多く用いられている点を含めて、「尻かけ」は絵画的な場面に用いられる言葉と考えられる。

残念なことに、兼好法師の意欲的な使用（『源氏物語』回帰）も、やはり後世に受け継がれなかったようだが、それから数百年の時を経て、長い間埋もれていた「尻かけ」をここに発掘・顕彰できたことは、大いなる喜びである。

注

（1）「尻かけ」は下二段活用動詞であろうが、用例が少ないために連用形以外の活用形は今のところ報告されていない。

（2）なお『堤中納言物語』「はいずみ」では、その後に「やや久しくなりゆけば、簀子に足しもにさしおろしながら、寄り臥したり」（493頁）という特殊表現が用いられている。あるいはこれは人を待つ時のポーズなのかもしれない。

（3）『徒然草全評釈』には、家集との内容の酷似から、「古来、自己の経験したところを第三者的立場から描いたものと考えられている。こういう光景を、他人の上に観照したものとしては、余りにも道具立てが整い過ぎているので、これは、認めなくてはならないところである。」（451頁）とコメントされている。

（4）「六月の比、あやしき家に夕顔の白く見えて、蚊遣火ふすぶるもあはれなり」（一九段）、「揚名介にかぎらず、揚名目といふものもあり。政事要略にあり」（一九八段）など、特に夕顔巻との関連が色濃く認められる。

（5）吉海「「消息を経紙に漉き直す」話―シンポジウム遺文―」古代文学研究第二次4・平成7年10月参照。

（6）吉海「「つら杖」をつく人」『源氏物語の新考察』（おうふう）平成15年10月参照。

（7）女房達の視線は、八の宮が亡くなった年の冬に訪れた薫に対して、「立ち寄らむ蔭とたのみし椎が本むなしき床になりにけるかな　とて、柱に寄りゐたまへるをも、若き人々はのぞきてめでたてまつる」（椎本巻212頁）と称讃を送っている。

第三部　物語表現

第九章　桐壺（淑景舎）の幻想

一、平安朝のあらまほしき幻想

平安朝の文化に関しては、極度の理想化と資料不足が相俟って、一般読者のみならず研究者までもが、あらまほしき幻想とでも称すべきものを抱いていることが少なくない。寝殿造りに対する幻想などはその好例ではないだろうか。古語辞典等の末尾付録には、必ず東西の対が完備した寝殿造りの平面図が掲載されている。しかし寝殿造り自体が平安朝初期には存在せず、中期あたりに登場する建築様式であることが、その図にどれだけ考慮されているだろうか。しかも残念なことに、寝殿造りの建物はただの一つも京都に現存していないのである（宇治上神社の拝殿にその面影が残っていると言われている）。その原因として、火事による焼亡、天皇・貴族の没落、建築様式の時代的変容等々が考えられる。しかも寝殿造りの柱には礎石が用いられていなかったと言われており、そのために耐久年数は意外に短かったのかもしれない。まして京都は長く都であったがために、古いものを壊して新しいものを作らざるをえず、そういったことが千年も繰り返されると、考古学的な成果はさほど期待できないことになる(1)。

試みに考古学資料・文献・絵巻等から復元模型が作成された藤原兼家の邸宅（東三条院）について考えておこう。兼家邸といえば、経済的に豊かな平安朝貴族の典型ともいうべき摂関家の住居であるはずなのに、そこに西の対を見出すことはできない。もちろん西の対を欠いているのは、再建された時期がやや遅れる（一〇五〇年頃か）という事情によるのかもしれない。しかしながら東三条院にすら西の対がないことから、我々が普通に参照している古語辞典付録の寝殿造りの平面図が、あまりに完璧であり理想化かつ画一化されたものであることが自ずから理解されよう。つまり古語辞典の権威のもとに例示されている寝殿造りは、まさに机上のあらまほしき幻想なのであり(2)、かえって平安時代の現実からは遠いものでしかないのである（現実とのギャップが大きいことに注意）。

一般貴族の寝殿造りですら、こういったゆゆしき幻想を抱え込んでいるのであるから、まして内裏となると問題はますます複雑になってくる。その全体像を把握するためには、大内裏そのものの変遷（政治の場が大極殿から紫宸殿へ移動）から辿って考えざるをえまい。そうすることによってはじめて、平安朝四百年という時間の壁に突き当たることになるのである。どうも我々は、平安朝というものをあまりにも単純に平面的に理解しすぎていたことを本気で反省すべきではないだろうか。

第一に人間は四百年も生きられるものではない。天皇ですらその間に五十代の桓武天皇から平城・嵯峨・淳和・仁明・文徳・清和・陽成・光孝・宇多・醍醐・朱雀・村上・冷泉・円融・花山・一条・三条・後一条・後朱雀・後冷泉・後三条・白河・堀河・鳥羽・崇徳・近衛・後白河・二条・六条・高倉・安徳を経て八十二代の後鳥羽天皇まで移り変わっているのである。ここに自ずから文化の違いも生じているはずである。

天皇の住居たる内裏にしても、四百年間変わらずそこに建っていることはなかった。特に村上天皇の天徳四年（九六〇年）に起きた最初の内裏全焼以来、平安朝の内裏はしばしば火災に遭遇しており、その後は再建と焼亡の繰り返しでもあった(3)。そしてそこに自ずから時代的変容のみならず、天皇制や摂関制の浮き沈み（政治的動向）が反映し、当然のことながら経済的基盤の差違によって再建自体の有無が決定される。必要なものは再建されるが、時代の変遷の中で不要となったものは、一度焼失してしまえば再び再建されることはなかった（左近の梅にしても、国風化の中で桜に取り替えられているではないか）。

平安京の正門である羅城門ですら、天元三年（九八〇年）に倒壊した後、二度と再建されることはなかった。それのみならず羅城門の礎石は、藤原道長が法成寺造営の際に運び去って再利用したと言われている。またシンメトリーなはずの平安京の中で、東寺（左大寺）と対称的に造営された西寺（右大寺）は、正暦元年（九九〇年）の焼亡以降、律令国家の運命を象徴するかのごとく衰退していった（東寺は空海との結びつきによって生き残る）。改めて鴨長明が著した『方丈記』の冒頭、

ユク河ノナガレハ、絶エズシテ、シカモモトノ水ニアラズ。澱ニ浮カブウタカタハ、カツ消エカツ結ビテ、ヒサシク留マリタルタメシナシ。世中ニアル人ト栖ト、又カクノゴトシ。タマシキノ都ノウチニ棟ヲナラベ甍ヲアラソヘル、貴キ賤シキ人ノ住マヒハ、世々ヲ経テ尽キセヌ物ナレド、是ヲマコトカト尋レバ、昔シアリシ家ハマレナリ。或ハ去年焼ケテ今年作レリ。或ハ大家ホロビテ小家トナル。住ム人モ是ニ同ジ。

（新大系『方丈記徒然草』3頁）

を想起していただきたい。

二、内裏と里内裏の虚実

再建の有無のみならず、たとえ再建されても規模や建築様式が相違するということも十分考慮しなければなるまい。例えば朝堂院の正殿たる大極殿は皇極四年（六四五年）を初見とする

が、その後の変遷（藤原宮・平城京・平安京の相違）のみならず、平安京における様式の変容も無視できない。平安京においては貞観十八年（八七六年）・康平元年（一〇五八年）・安元三年（一一七七年）の三回焼亡しているのであるが、そのたびに建築様式が大きく異なっているからである。その大極殿を模して建てられた平安神宮の大極殿（一重の入母屋造り）は、絵巻類を資料として造営されたものであるが、結果的には第三次（平安後期）の様式となっている。そのため平安建都千二百年の折にはもう少し古い様式が求められ、重層の入母屋造りとして模型が復元されている。同じく平安朝の大極殿といっても、時代によってかくのごとく変化している事実を明確にしておきたい。なお三度目の火事以降、もはや大極殿は再建されず、その役割は紫宸殿へ移されていった。

こういったことは儀式の場としての大極殿以上に、天皇の居住空間としての内裏（紫宸殿・清涼殿）において、より大きな問題であった。さすがに平安京の内裏は焼亡のたびごとになんとか再建されている（もちろん焼亡から再建までの期間がかなり長い例もある）。鎌倉時代に至って天皇及び摂関家の権威が失墜すると、もはや本格的な内裏を再建するだけの経済基盤も存せず、安貞元年（一二二七年）の焼亡を最後として、それ以降正式な内裏が再建されることはなかった（廃絶）。その代用として里内裏が登場するのである。もっともこの里内裏は、本来は内裏焼亡から再建までの短期間の天皇の仮御所であり、貞元元年（九七六年）の内裏焼亡の折に円融天皇が藤原兼通の堀河院に遷御された例を嚆矢《こうし》としている。つまり内裏が再建されなくなったので、その代わりに里内裏が代用となったわけではないのである。

それにしても「里」とは内裏に対する表現であり、内裏から退出する私邸のことであるから（「里居」「里住み」もある）、原則として内裏とは融合しえないもののはずである。そのためか里内裏という語は、かなり時代が下ってからの文献にしか見出せない(4)。現在のところ『今鏡』巻三すべらぎ下巻「大内わたり」の用例が初出のようである（『平家物語』巻五・『古今著聞集』巻八にもあり）。肝心の貞元元年の例にしても、『栄花物語』花山たづぬる中納言巻では「今内裏」と表現されており、平安中期における里内裏は観念的な学術用語でしかなかった。

この里内裏という視点は、冒頭で述べた寝殿造りと同様に、一般的な平安朝の基礎知識からは完全に欠落しているようである。古語辞典の末尾付録にしても、完璧な内裏図（これとても平安後期のものでしかない）は掲載されているが、里内裏に関しては全くコメントされていないからである。どうやらここにもあらまほしき幻想が潜んでいるのではないだろうか。例えば最も中心的な一条天皇の御代など、なんと四度も内裏が焼亡している。一度目は長保元年（九九九年）であるが、ちょうどその年の十月に藤原道長の娘彰子が入内している。その際は一条院が里内裏とされたらしいが、内裏不在ということで当然彰子も里内裏へ入内したのである（その里内裏に藤壺が存したとは考えにくい）。二度目の焼亡は寛弘二年（一〇〇五年）であり、一条天皇は東三条院に遷御されている。一〇〇五年と言えば、ちょうど『源氏物語』が執筆されている時であり、同時に紫式部が彰子の女房として宮仕えを開始した年でもある（どうやら紫式部自身も正式な内裏の経験はなかったらしい）。その後、一条天皇は一条院に里第を移し、その一条院が焼亡すると今度は琵琶殿に移っている。そして内裏の再建を見ることなく、最終的には新造された一条院で崩御されているのである。一条天皇はこの一条院との関係が非常に深く、そのために一条という追号（諡）が贈られているのであろう。

もっともこの時代になると、里内裏そのものですら大きく変容してくる。当初は仮（短期間）の内裏として貴族の邸宅を利用していたのであるが、寛弘七年に新造された一条院などは、最初から本格的な里内裏（長期使用）として造営されているようである。逆に言えばこういった里内裏の充実が、かえって下克上的に本来の内裏の再建を阻んでいることにもなる（現在の御所は里内裏の一つであった土御門東洞院殿で、安政二年に規模を縮小して再建されたもの）。その里内裏の多くは摂関家の邸宅であるが、そこに摂関政治を円滑に行う上でのメリットが存するのか否かは、現在のところ意見が分かれている。

こうして里内裏というものの存在に目を向けてみると、平安中期においてはむしろ内裏よりも里内裏の方が重要ではないかという見方すら可能となってくる。それにもかかわらず、前述のように便宜的な（現実に存在しない）内裏図のみが幅を利かせているのである。それならば里内裏の平面図を提示できるかというと、画一的な里内裏などあるはずもなく、これもなかなかやっかいなことではあった。それにしても古語辞典の基本的な付録があらまほしき幻想の産物であり、現実レベルとは大きなズレが生じていることだけは、ここできちんと押さえておきたい。

なお里内裏と後宮サロン（文学生成の場）のかかわりに関して村井康彦氏は、

里内裏はこうした本来の後宮を個別化し、宮人達を分散させた。刺激と活力を失った里内裏では、かつての華やかで生き生きとした雰囲気は求むべくもなかった。里内裏の常態化は後宮文学を衰退させ、それはふたたび開花することはなかったのである。(5)

と結論付けておられるが、果たして両者をストレートに結び付けていいのであろうか。前述のように王朝文学が最も華やかだった一条朝ですら里内裏の生活が長期化していたのであるから、宮廷サロンの衰退は必ずしも里内裏と連動する問題ではなく、もっと別の要素（平安朝の大きな流れ）を加味すべきであろう。

三、後宮の幻想

内裏と里内裏をはっきり認識したところで、次に文学とかかわりの深い後宮に焦点を絞ってみよう。まず最初に男子禁制について考えてみたい。一般的な後宮の概念として、テレビドラマなどで頻出する徳川将軍の大奥を想像したとしたら、それだけで後宮のイメージは極端に相違してしまう。第一に後宮は決して男子禁制の場ではなかった（当然中国のような宦官も存在しない）。そのことは村上天皇の御代における梨壺の五人（『後撰集』の編纂場所）の存在等によって周知の事実となっているにもかかわらず、それが後宮の概念の中では何故か切り離されているのである。後宮は男性が堂々と出入りできた場所というだけでなく、男性に宿所が与えられる例も少なくない。

東宮が後宮に居住している例は豊富にある。東宮以外の皇子達も、多くは「内住み」をしていた。(6) また摂関になると直廬と称する宿直所が後宮に与えられ、そこで政治が行われることさえあった。女房の局に男が通ってくることも日常茶飯事なのだから、男子禁制などという概念は平安朝の後宮には全くあてはまらないのである。

続いて殿舎について考えてみよう。実のところ後宮の五舎七殿は一度に成立したのではなかったらしい。五舎の方はかなり遅れて造営されたとされている（そのうちの凝花舎と飛香舎の二舎が特に遅れるらしい)。また古語辞典の末尾付録にある内裏図を見ると、淑景舎・昭陽舎には北舎が付随している(あるいは南舎と北舎)。しかしながら二舎に分離していることの意味、あるいは北舎の成立・機能などについては全くコメントされていない(女房の局として分割するには好都合かもしれない)。それは決して常識レベルだから説明を省略したというのではあるまい。

古くから存したであろう七殿にしても、どのように管理運営されていたのかは全く不明であった。後宮殿舎に関する平安朝初期の記録は皆無に近く、『三代実録』貞観八年(八六六年)に登場する「常寧殿」あたりが嚆矢とされているくらいである(「常寧殿」(后町)は後宮の中心であり、古くは弘徽殿以上に重要な殿舎であった)。まして里内裏の場合は内裏並みの規模を有しえないのであるから、五舎七殿など完備しているはずもなかった。そうなると内裏図における一般的な殿舎の名前や位置の説明では、内裏の場合と同様にほとんど役に立たないことになる。たとえ後宮に十二殿舎が存したとしても、それが常にフル活用されていたという実例を知らない。天皇毎に後宮の条件が異なる(御代替わりといっても簡単には先住者を追い出せない)のだから、画一的な捉え方ではかえって本質を見失うことになりかねない。

それにもかかわらず、『源氏物語』においては殿舎に伝統的な格付けやイメージ付与がなされている。藤壺は先帝一族(皇族)に、弘徽殿は右大臣一族(含む頭中将の妻)に、桐壺は光源氏一族にという具合に、血族による殿舎の踏襲が顕著なのである。しかしながら後宮の歴史を辿ってみても、家柄による殿舎の固定化・踏襲などは比較的新しい現象でしかないし、また必ずしも『源氏物語』のイメージとは一致しないことが多い。どうやらそういった後宮のイメージ化は、むしろ『源氏物語』の創造ということになってくる。代表的な藤壺と弘徽殿について、もう少し詳しく検討してみよう(7)。

藤壺（飛香舎）は、規模においても立地条件においても五舎中で最上の空間であった。ただし格式から言うと舎よりも殿の方が上であるから、必ずしも後宮における最高の場所ではありえない。と言うよりも歴史的に藤壺の利用者を調べてみると、村上天皇の中宮となった藤原安子以外に目立った存在は見出せない。しかも安子は成明親王（後の村上天皇）に入内する際に藤壺で婚儀を行っているのだし、後には梨壺に移って梨壺女御とも称されているのである。これでは藤壺の格が高かったことの証明にはなるまい。

むしろ藤壺は文学においてこそ崇高な空間であった。その先鞭は『うつほ物語』に認められる。東宮に入内したあて宮が藤壺と称されているからである。それでも『うつほ物語』ではあくまで東宮女御の殿舎であって、弘徽殿と拮抗しうる場としては『源氏物語』の藤壺まで待たねばならないようである。その藤壺にしても、桐壺帝の御代の後半に入内した際、空いていた藤壺に入居したとすれば、その時点まではやはり尊重されていなかったことになる。むしろ入居以降の藤壺の活躍と印象こそが、藤壺空間を格上げしたわけである。そうしてひとたび藤壺のプラスイメージが定着すると、今度は一条天皇に入内した彰子にそれが付与されることになる。あるいは両者のイメージこそが藤壺の価値を高めた最大の要素なのかもしれない。

とはいえ『源氏物語』における藤壺空間は、明らかに藤原氏に対抗する皇族の殿舎であった。彰子の母は源氏ではあるが、道長の娘である以上は藤原氏なのであるから、ここにも大きな差違が存することになる。また藤壺には光源氏との密通・出産というマイナス面も存したはずである。それにもかかわらず、藤壺など完備しているはずもない里内裏に入内した彰子に、かなりの無理をしてまで「かがやく藤壺」というプラスのイメージが付与されている点には留意せねばなるまい。

弘徽殿については、醍醐天皇の中宮穏子以降、藤原氏の娘の殿舎となっていた。その意味では勢力のある女御の殿舎としてのイメージは十分感じられる。ただし『源氏物語』の場合はそのイメージを逆手にとって、簡単には后を出さないようにしているのではないだろうか。ところで後宮における立后・寵愛問題に関して、例えば藤壺と弘徽殿が同一平面上で争っているように見えるが、定子と彰子の動向を見ると、原則として后同士が同時に内裏にいることはないようなので、どちらか一方が内裏にいる時はもう一方は里にいるなど、そこに后としての秩序も存するようである（紅葉賀宴は藤壺立后前のこと）。

ついでながら天皇のみならず、東宮に関しても言及すべきことがある。本来東宮の御座所は内裏の東方にある西雅院に定められていた。醍醐天皇（敦仁親王）あたりまではそれがほぼ守られてきたようである。ところが次の朱雀天皇（寛明親王）以降、後宮に居所を求めることが多くなっている（特に梅壺・梨壺が多い）。それはまさに摂関体制により東宮（天皇）の年齢が低下したことに起因するのであろうが、そうなると後宮の概念がやはり変容してくる。というのもその東宮の女御達までもが後宮の各舎殿を占めており（共有）、後宮の問題は単純に天皇一人に還元できないからである。一条天皇の御代など、東宮（後の三条天皇）の方が年上であり、しかも女御の数も多かった。後宮における天皇と東宮のバランスは完全に逆転していたのである。しかもそこに生母の居所・皇子達の曹司・摂関の直廬等が加わるのであるから、ますます複雑になってくる。しかしながら従来の研究では、あくまで正論として天皇の後宮の説明にのみとどまり、こういった東宮をはじめとする複雑な現実にはほとんど言及されていない。

村上天皇の後宮を勘案すれば、殿は天皇の后や女御が占め、主要な舎は東宮及び東宮妃が占め、その他の舎は更衣や男性に与えられるという格式による住み分けの原則も想定可能であるが、しかしそれも幻想にすぎないかもしれない。

四、桐壺の歴史資料

ここでさらに絞って、桐壺という後宮五舎七殿の中で最もマイナーな空間について検討してみたい。まず『源氏物語』前後の文学作品を辿ってみたところ、予想通り桐壺という語の使用例が非常に少ないことがわかった。物語をざっと見渡してみても、『竹取物語』・『伊勢物語』・『大和物語』・『平中物語』・『住吉物語』・『落窪物語』・『うつほ物語』等には一切用いられていなかったのである。どうやら平安前期物語における桐壺の文学史は皆無のようであり、そうなると『源氏物語』こそが桐壺の強烈なイメージを創始したことになる。

日記文学においても、『土佐日記』・『蜻蛉日記』・『和泉式部日記』・『紫式部日記』・『更級日記』等に桐壺の用例は見つからなかった。随筆文学たる『枕草子』にも見当たらない。また歴史物語に目を向けても、『大鏡』・『栄花物語』に用例を見出すことはできなかった。さらに和歌の世界も同様であり、桐壺どころか〈桐〉そのものも歌語として熟しているとは言いがたい（ただし漢詩には多い）。結局、『源氏物語』以前の平安朝文学においては、桐壺のイメージどころか言葉そのものすら登場していないのである。言い換えれば、それ程に後宮における桐壺の位置付けは低いわけであり、『源氏物語』以前の作品では、そういった桐壺に居住するマイナーな人物を登場させることなど不必要だったのであろう。

ただし桐という具体的な植物についてなら、古く『万葉集』八一〇番の詞書に「梧桐の日本琴一面」とあり、(8)和琴の材料であったことが知られる。その点で桐壺更衣の琴の才能と連動させることもできる。また『枕草子』「木の花は」（三四段）に、桐の木の花、紫に咲きたるは、なをおかしきに、葉のひろごりざまぞ、うたてこちたけれど、こと木どもとひとしういふべきにもあらず。唐土にことごとしき名つきたる鳥の、えりてこれにのみゐる覧、いみじう心ことなり。まいて琴につくりて、さまざまなる音のいでくるなどは、おかしなど世の常にいふべくやはある、いみじうこそめでたけれ。

（新大系52頁）

とあるように、紫という桐の花の色は後の紫のゆかりとも繋がる要素を有している。また『枕草子』においては「葉のひろごりざま」を非難しているが、それを逆手に取れば「長恨歌」の「秋雨梧桐葉落時」（『和漢朗詠集』にも所収）という一節ともかかわってくる。この桐が桐壺の喩として機能しているとも考えうるからである。また鳳凰（帝）の留る木と考えれば、寵愛を一身に受けた桐壺更衣の比喩として機能していることにもなる。(9)

桐壺を歴史資料に求めてみると、少し時代は下るが「桐壺（桐、近年不見、但荒廃之間、毎庭有桐）」（『禁秘抄』「草木」）があげられる。これなど桐壺の荒廃を示す好例であろう。ところで桐壺には「淑景舎」という正式名称があった。『源氏物語』の桐壺があまりにも強烈なものだから、我々は正式名称よりも別称の方がなじみ深くなっているのかもしれない。その淑景舎を

歴史書類に求めたところ、

1 「有淑景舎死穢」　（『江次第抄』延喜十年〈九一〇年〉五月七日条）

2 「今夜寅時、淑景舎顛倒、打殺七歳男子云々」　（『日本紀略』延喜十五年五月六日条）

3 「是淑景舎顛倒。打殺七歳童穢也」　（『扶桑略記』裏書延喜十五年五月六日条）

4 「昨日有淑景舎犬死穢」　（『西宮記』「御躰御卜」延喜十八年六月十一日条）

5 「延長七年（九二九年）四月二十七日、丙寅、未一剋許、於淑景舎、書司女嬬佐伯有子死去、五月十一日、乙卯、於建礼門、有大祓事、是去月廿七日内裏淑景舎嫗頓死」　（『小右記逸文』長元三年〈一〇三〇年〉二月十五日条）

6 「淑景舎北一宇〈中略〉淑景舎南一宇」　（『扶桑略記』天徳四年〈九六〇年〉九月二十三日条）

7 「虹立淑景舎北庭」　（『日本紀略』康保三年〈九六六年〉二月二十四日条）

8 「摂政右大臣於淑景舎有官奏」　（『日本紀略』天禄元年〈九七〇年〉六月八日条）

9 「於淑景舎除目」　（『日本紀略』天禄元年八月五日条）

10 「於淑景舎叙位、廿日同」　（『日本紀略』天禄元年十一月十五日条）

11 「内宴、詩題云、鶯啼宮柳深、於淑景舎有此宴」　（『日本紀略』天禄二年正月二十一日条）

12 「於淑景舎除目」　（『日本紀略』天禄二年正月二十七日条）

13 「右大臣（藤原兼家）息男（道信）於淑景舎御前加元服、摂政養子也、授従五位上有饗宴」　（『日本紀略』寛和二年〈九八六年〉十月二十一日条）

14 「於摂政直廬淑景舎、叙位議」　（『日本紀略』永祚元年〈九八九年〉正月五日条）

15 「於摂政直廬淑景舎、除目始、廿八日、同、廿九日、同、二月一日、同訖」　（『日本紀略』永祚元年正月二十七日条）

16 「諸卿起陣座、著淑景舎座、被行除目之事」　（『本朝世紀』正暦元年〈九九〇年〉七月二十八日条）

17 「天皇移御摂政宿所淑景舎、諸卿殿上人有被物禄物等事」　（『日本紀略』正暦二年十二月九日条）

18 「臨昏為文朝臣来、告淑景舎君於東三条東対御曹司頓滅云々、聞悲無極」　（『権記』長保四年〈一〇〇二年〉八月三日条）

19 「参摂政御宿所、淑景舎」　（『小右記』寛仁三年〈一〇一九年〉正月五日条）

20 「暫候直廬、淑景舎」　（『殿暦』康和二年〈一一〇一年〉七月十七日条）

21 「今日依吉日渡居也、本宿所淑景舎」　（『殿暦』康和四年十二月十六日条）

22 「是初宿梅壺御直廬給、（日者御直廬桐壺）」　（『中右記』康和四年十二月十六日条）

23「今夜於淑景舎公家御祈被始修五壇法」（『中右記』康和五年二月二十二日条）
24「当時直廬淑景舎也」（『玉葉』承安二年〈一一七二年〉正月三日条、『山槐記』同日条）

の二十四例が見つかった。(10) 1〜5の例は淑景舎における死穢での例である。6は天徳四年の内裏焼亡後の再建計画にあげられているものであるが、ここで桐壺が明確に南北二舎とされている点には留意しておきたい。9・12・15・16は除目の例、10・14は叙位の例、8は官奏の例であり、後宮としてではなく公的な政治の場所として機能していることが推察される。また13のように私的な元服を行う空間としても用いられていた。そのうちの14・15・20・22・24の「直盧」に関しては、『国史大辞典』「淑景舎」項に「女御・更衣らの住したところで、また摂政らの直盧となり、内宴の行われたこともあった」（福山敏男氏）と説明されている（17・19・21の宿所も同様）。

五、桐壺幻想

こうしてみると桐壺は、後宮の殿舎としては最低かもしれないが、男性の利用地（宿所）としてはむしろ最高の場所という表裏の実態が見えてきた。それが本来的なものかどうかは別にして、後宮は必ずしも女性のためだけのものではないことが理解される。摂関家の兼家や道隆は後宮をそのように政治に利用していたわけである。こうなると源氏が桐壺を曹司として用いていることも、単に亡き母の思い出の場所というだけでなく、そういった政治的意味あいが内包されているのかもしれない（摂政的立場の表明）。そして桐壺が現実に8〜24のように用いられたとすれば、逆に後宮の殿舎として機能することなどあるまい。と言うよりも、ここにあげた淑景舎の例の中で後宮として機能しているものは、18の一例以外には見当たらないのである。この資料の偏りこそがまさに桐壺の現実的なイメージではないだろうか。[11]

歴史資料二十四例の中で、後宮として機能しているものはわずかに一例であった。その一例に見える「淑景舎君」とは中関白藤原道隆の娘原子（定子の妹）のことである。ここで参考までに文学作品に淑景舎の用例を求めてみたところ、『枕草子』に八例、『大鏡』に一例、『栄花物語』に十五例を見つけることができた。そして面白いことに、『枕草子』・『大鏡』・『栄花物語』の全ての用例は、なんと『権記』と同様に原子を指すものであった（角田文衛氏の御労作「歴代皇妃表」『日本の後宮』（至文堂）にも原子以外の例は見出せない）。用例において淑景舎と言えば、完全に原子一人に限定解釈できるわけである。

その原子は、一条天皇ではなくその東宮（三条天皇）の女御であった。そのため一条天皇の女御達が、梅壺（定子—あるいは登花殿か）・弘徽殿（義子）・承香殿（元子）を占めていた。[12]彼女が東宮女御であることを勘案すれば、桐壺の意味はそれ程マイナスではないかもしれない。

しかし東宮の女御達を調べてみると、既に宣耀殿（娍子）・麗景殿（綏子）がおり、中関白道隆娘の入内先としてはやはり似つかわしくないかもしれない。あるいは先述の直廬との関係が深いのであろうか。藤原氏の中では伊尹・兼家・道隆等が淑景舎を直廬として用いていたことが確認されており、(13) その道隆とのかかわりで淑景舎が娘原子に引き継がれたことも十分考えられるからである（源氏と明石姫君も同様）。そうなると淑景舎は、逆に摂関家との関連をイメージさせることにもなる（『源氏物語』のイメージとは大きく相違する）。

いずれにせよ原子は、歴史的に淑景舎に殿舎を有した、換言すれば淑景舎と称された唯一の女性であったことになる。それだけでも桐壺更衣との関連は無視できないはずである。それのみならず両者には、その死において一層顕著な類似性が認められる。『栄花物語』巻七鳥辺野の長保四年（一〇〇二年）の記事には、

あはれなる世にいかがしけん、八月廿余日に聞けば、淑景舎女御うせ給ぬとののしる。「あないみじ。こはいかなる事にか。さる事もよにあらじ。日頃悩み給とも聞えざりつるものを」などおぼつかながる人々多かるに、「まことなりけり。御鼻口より血あえさせ給て、ただ俄にうせ給へるなり」といふ。〈中略〉これを世の人も口安からぬものなりければ、宣耀殿いみじかりつる御心地はおこたり給ひて、かく思ひがけぬ御有様をば、「宣耀

殿ただにもあらず奉らせ給へりければ、かくならせ給ひぬる」とのみ聞きにくきまで申せど、「御みづからはとかくおぼし寄らせ給べきにもあらず。少納言の乳母などやいかがありけん」など人々いふ。

（日本古典文学大系『栄花物語上巻』235頁）

とあり、なんと原子は桐壺更衣の横死と同じように突然死（服毒死？）していたのである。この原子頓死の記事は前述の『権記』以外にも、

・「故関白道隆娘於東三条頓滅事」

（『小右記目録』長保四年八月四日条）

と見えている。もちろん原子の場合は、中関白家の娘という最高の家柄なのだが、既に父道隆は長徳元年（九九五年）に亡くなっており、その意味では桐壺更衣と同様に落ち目になっていた（『本朝世紀』長保四年八月十四日条には「更衣藤原原子（淑景舎）今月三日頓滅」とあり、なんと女御ではなく更衣になっている）。一方相手も弘徽殿ならぬ宣耀殿（娍子）であり、しかも両者の出自（父の官職）が逆転しているけれども、宣耀殿は第一皇子（敦明親王）の母であり、後に三条帝后となっている点でやはり無視できないのではないだろうか。ただし原子は必ずしも桐壺更衣のようには寵愛されておらず、当然周囲からひどい迫害を受けたという事実もない（毒を盛

られたらしいことの意味は考慮すべきか）。

以上のようなことから、原子頓死をめぐる三面記事が、桐壺更衣像に大きな影を落としていることは間違いあるまい（そうなると桐壺更衣の入内時期は、桐壺帝東宮時代という可能性も浮上してくる）。『源氏物語』の成立は一〇〇八年頃とされているから、『源氏物語』が原子の怪死事件を引用することに時間的な矛盾が生じることもなさそうである。むしろ時間的に近接している点を重視すれば、原子の頓死が当時の人々の脳裏からまだ忘れ去られていない時期であり、淑景舎（桐壺）といえば即座に原子の悲劇が想起されたのではないだろうか。

原子の桐壺更衣モデル説は私の持論であるが、未だに多くの賛同を得られていない。しかし一般にモデルとされている中国の楊貴妃や日本の藤原沢子・藤原登子と桐壺（淑景舎）は残念ながら全く無縁なのである。

結

平安朝四百年という恐ろしく長い歴史の中で、平安京は大きく変遷していた。中心的な内裏もその例に漏れず、様々な変容を繰り返していたのである。そういった多面的な平安朝を一つの平面で考えようとすること自体、最初から無理な相談なのである。その無理を可能にするのが、あらまほしき幻想ではないだろうか。(14) 本稿では、必ずしもきちんとした検証なしに常識化しているあらまほしき幻想を暴き出してみた。もちろんその幻想を全面否定したいわけではない。ここでは個人のみならず共同体の中にも、あらまほしき幻想が存することを再認識してみたわけである。

桐壺に限って言えば、歴史的な資料によって原子を浮上させることができた。幸いにも原子が入内したのは正式内裏の存する時期なので、淑景舎という呼称も現実のものであろう。しかしながら紫式部に正式内裏の経験がないとすれば、物語の描写そのものがあらまほしき幻想ということになる。だからこそ物語は非現実的な桐壺を自由に活用できたのかもしれない。そうなると歴史資料と照合させることそのものが無意味になりかねない。だがそのことは徹底的に歴史資料と照合させた後にしか見えてこないので、決して不毛な作業ではあるまい。

桐壺のイメージは、一方で原子を髣髴させながらも、また一方ではあらまほしき幻想として読むしかないようである。どうやら物語からあらまほしき幻想を一掃することは不可能であり、かつ得策ではないように思われてきた。我々は今後ともあらまほしき幻想の呪縛を受け続ける他あるまい。ただしあくまでも自覚的に。

注

（1）平安時代（特に平安中期）の一等資料が不足しているために、歴史研究の主流は地方の下級貴族に偏っていた。それは文学作品を資料として歴史を語ることはできないという禁欲主義によるのかもしれない。そのことは市販の日本の歴史物をひもとけば一目瞭然であろう。ただし土田直鎮氏の『日本の歴史5王朝の貴族』（中央公論社）等は例外であり、冒頭から『源氏物語』を資料として王朝を語っているので要注意。果たして『源氏物語』を読めば当時の貴族の生活（「王朝の雅」などといったキャッチフレーズが多い）がわかるのかどうか疑問であるが、そこにも例によってあらまほしき幻想が働いていることを確認しておきたい。

（2）　その意味では「北の対」などは比定することすら困難なのであるから、北の対に住むから正妻を北の方と称したなどという語源説も、やはり机上の空論（あらまほしき幻想）にすぎないのである。もし反論のある方は、北の方が北の対に居住している明確な資料を提示して頂きたい（北の対にいない北の方の例は存する）。

（3）　吉海「平安朝文学と火事―文学に黙殺された内裏焼亡―」『日本文学の原風景』（三弥井書店平成4年1月参照。『源氏物語』では頻繁に起こっていた火事を意図的に隠蔽することによって理想世界を形成している。

（4）　里内裏ではなく「里内」という表現も、下って『師守記』の貞治四年（一三六五年）五月八日条に見られる。

（5）　村井康彦氏「後宮の生活（殿舎）」国文学25―13（特集・後宮のすべて）・昭和55年10月。

（6）　光源氏は臣籍に降下した後も、母桐壺更衣の居所たる淑景舎に「内住み」を続けている。おそらく帚木巻の「雨夜の品定め」もそこで行われたのであろう。ただし朱雀帝の御代にも「内住み」が続けられたかどうかは不明。後に再び桐壺を使用しているが、それは直廬として獲得したものであろう。宮武寿江氏「光源氏「内裏住み」攷―特に幼少期をめぐって―」古代文学研究第二次6・平成9年10月参照。

（7）増田繁夫氏「弘徽殿と藤壺―源氏物語の後宮―」国語と国文学61―11・昭和59年11月、同「藤壺は令制の〈妃〉か」大阪市立大学文学部人文研究43・平成3年12月参照。増田氏は歴史資料を駆使しておられるので大変参考になる。

（8）清水泰氏「桐壺の巻の名」平安文学研究22・昭和33年11月参照。ただし桐壺の琴の才能は物語展開において有効に機能しているとはいいがたい。

（9）新間一美氏「桐と長恨歌と桐壺巻」甲南大学紀要48・昭和58年3月参照。同じく『枕草子』「木の花は」章段で、梨の花の叙述に長恨歌の「梨花一枝春帯雨」をあげているものの、肝心の桐の叙述では長恨歌とのかかわりは全く言及されていない（あるいは梨壺を近接する桐壺にずらしたのかもしれない）。むしろ「木の花は」章段は全体が宮廷に植えられた花であり、その意味で桐は淑景舎（原子）の美的比喩となっているのかもしれない（定子は梅壺であり、「木の花は、こきもうすきも紅梅」と真っ先に出ている）。

（10）吉海「桐壺更衣の再検討」『源氏物語の視角』（翰林書房）平成4年11月参照。本稿はこの論文から派生したものである。なお植田恭代氏「御局「桐壺」考」跡見学園女子大学国文学科報29・平成13年3月からいくつかの資料を増補した。

（11）増田繁夫氏「女御・更衣・御息所の呼称―源氏物語の後宮の背景―」『平安時代の歴史と文学　文学編』（吉川弘文館）昭和56年11月参照。増田氏は更衣で一つの殿舎を賜ることはなかったことから「光源氏の母更衣が桐壺といふ舎殿を局に賜ってゐたとすれば、それは更衣としてすこぶる例外的な待遇であったのである」（165頁）と論じておられる。我々は更衣に関して無知であるにもかかわらず、ここでもあらまほしき幻想（誤読）を抱いていたのではないだろうか。

（12）後に彰子（藤壺）も入内する。肝心の弘徽殿は、どうやら皇太后詮子のために空けていたらしい。そうなると後宮には三世代が同居することになる。

（13）石埜敬子・加藤静子・中島朋恵氏「御堂関白記注釈ノート五」言語と文芸97・昭和60年9月参照。『御堂関白記』や『小右記』はもっと積極的に『源氏物語』の研究に活用されるべきである。

（14）そのことは例えば古典文法幻想（含仮名遣い）・みやび幻想（プラス思考）・歌語り幻想（伝承の絶対視）・女手幻想（仮名の性差）・女房幻想・十二単衣幻想（小野小町十二単衣像）・一夫多妻幻想（律令の運用）・親王幻想・物忌み幻想等々として露呈している。栗原弘氏の研究によって高群逸枝氏の婚姻研究が幻想であったことがあばかれたことも記憶に新しい。一体平安朝において何が自明のことなのか、そのことすらも自明になっていないのが現状ではないだろうか。

第十章　葵祭を読む

一、賀茂神社の例祭

『源氏物語』葵巻の見どころの一つと言えば、なんといっても葵祭見物における葵の上と六条御息所との「車争い」があげられるだろう。この葵祭というのは、旧暦四月の中の酉の日に行われる賀茂神社（現在は賀茂別雷神社〈上賀茂神社〉と賀茂御祖神社〈下鴨神社〉に分れている）の例祭である。

賀茂神社は、本来は地方豪族たる賀茂県主の産土神《うぶすながみ》であったが、平安京遷都後に都城鎮護の神という役割を付与され、朝廷から厚い信仰を受けるようになった。そのため嵯峨天皇の御代に至って、伊勢の〈斎宮〉にならって賀茂の〈斎院〉が設けられ、弘仁元年（八一〇年）に有智子内親王（嵯峨皇女）が初代斎院に任じられている。それ以来、土御門天皇の御代の礼子内親王（後鳥羽院皇女）に至って廃絶するまでの期間、計三十五人・四百年の長きに亙って続けられてきた。その中では選子内親王（大斎院）・式子内親王（萱斎院）・禖子内親王（物語合）などが文学史的に有名である。

もちろん葵祭そのものは神社の祭礼であるから、斎院の廃絶以後も続けられたが、それも応仁の乱によって文亀二年（一五〇二年）以後中絶してしまった。それが江戸時代の元禄七年（一六九四年）に約二百年ぶりに再興されたものの、明治三年以降再び衰退し、同十七年にようやく旧儀が復興されて今日に至っている。祭りのほとんどはこうした歴史をたどっているのである。

現在は観光行事の要素が付加されたことで、新暦の五月十五日に祭日が定められており、京都三大祭（葵祭・祇園祭・時代祭）の一つとして賑わいをみせている。また勅使が派遣される日本三大勅祭の一つ（春日祭・岩清水祭〈南祭〉・葵祭〈北祭〉）でもあり、平安時代において単に「祭」といえば、この葵祭を意味するほどに有名であった。

二、斎院御禊の日の「車争い」

ところで、誤解している人も少なくないようだが、「車争い」が起こったのは決して祭の当日ではなかった。それは、祭以前の午《うま》または未《ひつじ》の日に行われる斎院御禊の日のできごとなのである（これも復活している）。

葵巻は「世の中変りて後」（17頁）と始められている。この冒頭の一文によって既に桐壺帝が譲位し、朱雀帝が新帝として即位していることがわかる。

その天皇交替に連動して、

・まことや、かの六条御息所の御腹の前坊の姫宮、斎宮にゐたまひにしかば、（葵巻18頁）

・そのころ、斎院もおりゐたまひて、后腹の女三の宮ゐたまひぬ。（葵巻20頁）

と斎宮と斎院がともに交替となり、新たに六条御息所の娘（後の秋好中宮・女王）が斎宮に、弘徽殿腹の女三の宮（内親王）が斎院にそれぞれ卜定《ぼくじょう》されている。[1] つまり葵巻に描かれる葵祭は決して単なる祭礼ではなく、朱雀帝が即位した最初の行事であり、また新斎院にとっても初度の奉仕ということになる。そのためか、

限りある公事《おほやけごと》に添ふこと多く、見どころこよなし。（葵巻20頁）

と、例年よりも趣向が加えられているのである（この折には過差《かさ》（贅沢）の取り締まりなどはなかったのであろう）。

中でも朱雀帝の「とりわきたる宣旨」（21頁）によって、光源氏（当時、宰相兼右大将）が御禊の行列に供奉《ぐぶ》する参議の一人に指名されている。これは行列を盛り上げるための特別なはからいであるが、大将という重々しい源氏の職掌からすれば、格下の不名誉な役目を仰せつかったことにもなる。源氏本人にとってみれば素直に喜べるものではなく、いやでも衆目の前に自らの姿をさらさざるをえないものであった。

そこに朱雀帝新体制（右大臣一派）による源氏の臣下としての据え直しが密かに、だが確実に行われていることを読み取りたい。そのことは源氏だけでなく、源氏に従う随身に関しても、

大将の御かりの随身に殿上の将監《ぞう》などのすることは常のことにもあらず、めづらしき行幸などのをりのわざなるを、今日は右近の蔵人の将監仕うまつれり。（24頁）

と断り書きされていることから察せられる。これは単なる斎院御禊の行列であって、決して行幸などの特別な儀式ではないのだから、仮の随身となる右近の将監にとっても格下の役目であり、必ずしも名誉な役目ではなかったに違いない。もうおわかりだろう。ここにおける右近の将監は、まさに光源氏の分身であり、また象徴でもあったのだ（おそらく美男子だったのであろう）。

しかもこの一件によって、右近の将監は完全に源氏側の人間という烙印を押されることになる。そのため後の須磨流謫の折には官職を剝奪され、やむなく側近の一人に加わって一緒に須磨へ下向している。(2) そういった政治的なかけひきを背後に含みながら、斎院の御禊が表向き盛大に行われていることに留意しておきたい。

さて御禊という儀式は、正式には賀茂川で行われるもののようであるが、現在では賀茂神社内の御手洗川（池）で行われている。それが終わった後、斎院一行は一条大路を通って紫野の斎院に入るわけだが、その行列見物のために一条大路には桟敷が設けられる。さらに大路には立錐の余地もないほど物見車が立ち並ぶ。身分の低い人々は立ったままで見物していたようである。今回の行列のメインは、新斎院ではなくもちろん我らが光源氏であり、その美しい姿を一目拝もうと、わざわざ遠国からも連れ添って見物にやってきていた。その意味では源氏起用は大成功したわけだが、肝心の新斎院に関する描写が一切見られないことにも留意したい。

三、祭の日の「車争い」

葵の上と六条御息所との「車争い」は、そういった特別な設定の中で起こっているのである。源氏の晴れ姿が見られるとあって、源氏とかかわりのある女性達は競って見物にやってきていた。あの朝顔の姫君さえも、父式部卿宮と一緒に桟敷からこっそり見物していたことが記されている。後から突然やってきた葵の上一行は、準備不足で場所の確保もしていなかったのであるが、そこは左大臣家の地位と権力に物を言わせて、身分低そうな牛車を立ち退かせることになる。その行為についての良心の呵責《かしゃく》などは一切認められない。たまたまそれが六条御息所の網代車《あじろぐるま》だったというわけである。

葵の上の供人達は酔った勢いもあって、とうとう立ち退きを拒否する御息所の車を乱暴に押しのけてしまった。つまりこの「車争い」は、正確には「車の所争ひ」（場所取り）なのである。それは葵の上方による一方的な乱暴狼藉なのだが、もちろんそれを正妻と妾妻の争いの喩と見ることも可能であろう。あるいは左大臣側に政治的なあせりがあったのかもしれない。そしてこの時の屈辱的な敗北が、御息所の生霊を誘発する契機となり、物語は葵の上の死（両者共倒れ）へと展開することになるのである。

ところで紫野の斎院は、建暦二年（一二一二年）に廃絶された後、はっきりした所在地はわからないままになっていたのだが、近くに有栖川が流れていたことだけは確からしい。そこで角田《つのだ》文衛氏は諸文献を考証された上で、現在の七野社（櫟谷七野《いちいだにななの》神社）周辺を紫野斎院の敷地に比定しておられる。(3)一度は見学に行ってほしい。

さて葵祭の当日、斎院一行はその紫野斎院から出発して賀茂神社へと向かうのであるが、その日も一条大路は見物人で賑わっていた。御禊の折は一行に供奉した源氏であったが、祭の当日はなんの役にも当たっていなかった。そこで今度は紫の上と一緒に祭見物に出かけている。源氏も葵の上同様に場所取りをしていなかったので、近衛の馬場殿あたりでどうしたものかと思案していたところ、幸いにも老女源典侍から絶好の場所を譲ってもらうことになる（どうして源氏の牛車とわかったのかは謎）。

面白いことに、ここでも物語は肝心の斎院の行列のすばらしさについては何一つ描写しておらず、源氏と源典侍との応酬ばかりに筆を費やしている。やはり光源氏こそが物語の主役なのであって、葵祭も単なる風景の一つにすぎないということであろう。そのためか、翌日の還《かえり》立《だち》の儀（祭のかへさ）などまったく言及されていない。

実はこの祭で最も重要なのは御阿礼《みあれ》の神事（神迎の儀）であるが、これは闇の中で密やかに執り行われるものなので、一般の人は今でも見物できない秘儀である。

四、もう一つの「車争い」

なお葵祭の「葵」とは、もちろん桂と合わせてかざしに用いられる植物のことである。もっぱら二葉葵（別名賀茂葵）が用いられており、そのために葵祭という別称が生じたわけである。ただしその言葉の初出は新しく、どうも近世を遡りえないようである。

しかもこの葵は、徳川家の三葉葵と通じるところから、徳川家がいかにも自家の祭であるかのように思わせるため、葵祭という呼称を積極的に広めたという説もある。また葵には、掛詞として「逢ふ日」という恋愛的意味が内包されている。葵祭の当日、源氏と源典侍の間で交わされた和歌に葵が詠み込まれていることにより、それが巻名になったという次第である（「葵の上」という後人による人物呼称もこの葵祭に由来する）。

源典侍は、源氏が誰か特別な女性と牛車に同車していることを咎める歌を詠じているのだが、その女性こそは紫の上であった。先の御禊の日の「車争い」が、葵の上と六条御息所の対立であったのに対して、祭の当日の「かざし」争い（30頁）は、源典侍と紫の上の対立（世代交代・いわばもう一つの車争い）であったことになる。こちらは源典侍からの一方的な歌による攻撃であったが、紫の上の正体は最後まで知られておらず、まして場所まで譲ってもらったのであるから、形式上は紫の上側の勝利であった。

この一件で敗北した源典侍物語も終了となり、物語から退場する（朝顔巻再登場の折は既に尼になっていた）。そうすると、巻の後半に用意されている紫の上の新枕《にいまくら》（まさに「逢ふ日」）は、既にこの一件の中に暗示されているとも読める。それこそが葵という巻名の真意なのではないだろうか。

さて現在の葵祭は完全に観光行事化しており、必ずしも平安朝のままではなかった。しかしながら、もともと葵祭見物は当時も娯楽の一つであったのだし、「車争い」にしてもフィクションなのだから、是非とも一度は葵祭を見物していただきたい（ただし雨の降る確立も非常に高いので要注意）。行列の華麗さと見物人の賑わいの中に、ふと「車争い」の喧噪《けんそう》が幻視されるかもしれないからである。

注

（1）本来、斎宮と斎院では斎宮の方が重要なはずであるが、遠方の伊勢へ身内の内親王を派遣するのはしのびなかったのか、帝と縁の薄い女王が卜定されることも少なくなかった。ここでも身内の女三の宮が斎院となり、女王である六条御息所の娘が斎宮に卜定されている（女一の宮はそのまま）。なお選子内親王は帝が譲位しても斎院を退下していない。吉海「斎宮」と平安文学」『源氏物語の新考察』（おうふう）平成15年10月参照。

（2）吉海「右近の将監」『源氏物語の新考察』（おうふう）平成15年10月参照。

（3）角田文衛氏「紫野斎院の所在地」『王朝文化の諸相』（法蔵館）昭和59年7月参照。

第十一章「格子」と末摘花

序、「格子」の問題点

『源氏物語』のみならず、『落窪物語』や『住吉物語』を読んでいると、格子から出入りするなど、格子が意外に重要な空間・隔ての小道具として用いられていることに気付いた。しかも格子は「垣間見」と極めて密接に関わっているので、このまま放置することはできそうもない。そこで改めて格子について考えてみた次第である。

一口に寝殿造りにおける建具と言っても、格子・蔀・妻戸・遣戸等さまざまな種類がある。これらの建具の実物は、寝殿造りの建物がまったく現存しないことと相俟って、現在ほとんど残っていないけれども、文献によってある程度その用途が推測されている。例えば格子は現在の窓（古典における「窓」は漢詩的表現[1]）に近似しており、邸の内外を仕切って視線を遮るだけでなく、雨風・寒気を凌ぐと同時に、灯《あか》り取り・空気の入れ替えの役目も果たしている。そしてやや変わった用途ではあるが、物語においては出入り口としての用例も少なからず認められる。[2]

格子はそういった多様な用途故に、物語に積極的に利用されているのであろう。そこで本稿では、特に末摘花巻に多出している格子に注目し、その機能の重要性について先行論文を参照しつつ論じてみたい。とはいえ、既に武山隆昭氏が明らかにしておられるように、[3]格子というものには、

①「一枚格子」と「二枚格子」の区別
②「格子のはさま」の意味
③「格子」と「蔀」「半蔀」との違い（含「蔀格子」）
④「格子」の設置場所（母屋・廂・簀の子）

など、未だに明瞭にできていない未詳部分が存する。ただし④に関しては、原則として夜に閉め朝に明けるということで、外側つまり廂と簀の子の間に限定してよさそうである。つまり母屋と廂の間に格子は設置されていないことになる。

「一枚格子」と「二枚格子」などの顕著な用例（使い分け）は見られないし、近世以降の文献

そのものが誤謬を含んでいる恐れも存する。格子の設置場所も、「一枚格子」と「二枚格子」で区別があるのか否か等、その実態はほとんどわかっていない。そういった点についても武山説に導かれつつ、可能な限り用例をあげながら言及してみたい。

一、「御格子参る」

早速だが、末摘花巻には非常に興味深い格子の用例がある。

命婦、かどある者にて、いたう耳馴らさせたてまつらじと思ひければ、「曇りがちにはべるめり。客人の来むとはべりつる、いとひ顔にもこそ。いま心のどかにを。御格子まゐりなむ」とて、いたうもそそのかさで帰りたれば、「なかなかなるほどにてもやみぬるかな。もの聞き分くほどにもあらで。ねたう」とのたまふ。（末摘花巻269頁）

末摘花という親王腹の姫君に興味を持った光源氏は、乳母子の大輔命婦を仲介として、末摘花の琴《きん》の琴の演奏をこっそり聞くのであるが、ここでは命婦の「御格子まゐりなむ」という発言に注目していただきたい。格子の開閉に関しては、上げてあるものを下ろす時も、下ろしてあるものを上げる時も「参る」を使うので、表現自体に問題はなさそうである（「蔀」も同様に

「参る」を用いる）。しかしここでは命婦の心情（発言意図）と格子の用途のかかわりについて、もう少し深く掘り下げてみたい。

実はこの時、命婦の局には源氏が隠れていた。この大輔命婦は、母が源氏の第二乳母（左衛門の乳母）であり、また父（兵部大輔）が末摘花の父常陸宮の血縁ということで、両者の仲介役となっていたのである。[4] 源氏の来訪を知らされていない末摘花は、命婦に促されるままに、さほど上手でもない琴《きん》の琴を弾いている。このまま末摘花が琴を弾き続ければ、間違いなく源氏にその技量が下手なことを見抜かれてしまうだろう。だから命婦の心境としては、まず第一に源氏の聴覚を遮断、あるいは末摘花の演奏を中断してしまいたいのである。つまり命婦は、源氏が「もの聞き分く」前に「いたう耳馴らさせたてまつらじ」と決断して、そういった目的であえて「御格子まゐりなむ」と発言しているわけである。

この命婦の発言の意図として、新編全集の頭注には「座を立つきっかけとして、格子を下ろそうと言う」（同頁）とある。もちろんそうには違いない。しかし第一義的には、やはり琴の演奏をやめさせることが目的ではないだろうか。単に座を立つだけなら、末摘花がそのまま演奏を続けても構わないはずである。しかしここはそうではなく、末摘花は命婦に聞かせるために弾いているのである。命婦にしてみれば、（源氏に聞かせるためとは言え）自分が演奏を勧めておいて、それをすぐにやめさせるのだから、ストレートに中断を切り出すことは失礼であろう。

そこでそのことにはあえて触れないで、「客人」云々と嘘の口上を述べて遠回しにやめさせたのである。

この後、本当に格子が閉められたか否か、物語には記されていない。しかしこの発言には、命婦の深い思慮が働いているのではないだろうか。それはこの後で源氏がこっそり末摘花を覗こうとしていることによって納得される。つまり命婦は格子を下ろすことで、聴覚のみならず視覚までも源氏から末摘花を遮断しているのである。もちろん命婦にしてみれば、必死の思いで末摘花の欠点が暴露されることを防いでいるだけなのかもしれない。一方の源氏にしてみれば、思わせぶりな命婦の態度によって、結果的にますます末摘花に対する関心を強めることになってしまう。

しかもそれは一人源氏のみならず、その源氏を尾行してきた頭中将にも同様の効果をもたらした。もし命婦の判断がもう少し遅れていたら、あるいは頭中将に末摘花の姿を垣間見られていたかもしれないからである（もしそうなっていたら末摘花物語の展開も変容していたに違いない）。ところが幸運にも、源氏に長く演奏を聞かせないための手段として下ろされた格子が、それによって頭中将による垣間見までも未然に防ぐことになったのである。

そうなるとこの格子は、当然ながら視覚を遮断できる「蔀格子」ということにならざるをえまい。ただし「蔀格子」という語の古い用例は見当たらない。従来は格子の裏に板を張り付けたのが蔀と考えられていたようだが、もしそうなら格子には板が張り付けられていないことになる。それでは視覚どころか、雨風も防げないのではないだろうか。それに関して『蜻蛉日記』下巻天禄三年二月条に、「日ごろ、いと風はやしとて、南面の格子はあげぬを」（新編全集274頁）とあり、格子で風を遮っていることがわかる。

実は「格子」と「蔀」「半蔀」との違いについては、既に角川『古語大辞典』の「格子」項に、「寝殿造りの建物に用いられた建具。蔀の上等なもの。」とあって、品質の善し悪しで使い分けられているとしている。同様のことは『平安時代史事典』「蔀」項にも、「特に上等のものは平安中期以降、格子とも呼ばれている」と記されている。なるほどこの説が正しければ、格子と蔀の違いは異名同物ということで解決していたことになる。少なくとも『源氏物語』においてはそれでまったく問題なさそうである。(5) ただし「平安中期以降」とある点が気になる。それ以前はどうだったのだろうか。ついでながら「格子」には「御」が付くが、「蔀」には付かないことも付け加えておきたい。

二、開け放たれたままの格子

ところで、この「御格子まゐりなむ」は、前述のように単に便宜的な発言だったのであろうか。それともまさに格子を閉めるのにちょうどいい時間帯（あるいはとっくに閉めなければならない時間）だったのであろうか。

参考までに『侍中群要』巻一の「日中行事」項の一部を提示しておこう。

年々日記云辰一剋上格子戌剋下格子　（続々群書類従七361頁）

これによれば、内裏の格子はいつも辰刻（午前七時）に開き戌刻（午後七時）に閉じられていたことがわかる（他に『大鏡』・『禁秘抄』などにも関連記事が見られる）。また『枕草子』二六〇段に「掃部司《かもんづかさ》まゐりて、御格子まゐる」（399頁）とあり、掃部司の女官が格子を上げ下ろししていたことがわかる。もちろん、だからといってこの場面を内裏と同じように扱うことはできない。恐らく内裏の場合は、すべての格子を一斉に開閉する（参り渡す）のであろうが、私邸も同様かどうかは判断できないからである。もちろん末摘花邸でも、女房などが格子の開閉を毎日行っていたはずである。たとえ落ちぶれたとはいえ、主人たる末摘花自身が日常それを行うことはなかったであろう。

ここで少し時間を逆戻しにして、源氏が末摘花邸を訪れた時の場面に戻ってみたい。するとそこには、

寝殿に参りたれば、まだ格子もさながら、梅の香をかしきを見出してものしたまふ。（末摘花巻268頁）

と、伏線的に格子のことが語られていた。命婦が寝殿に参上したところ、もうすっかり暗くなっているのに、梅の香を愛でるために格子が開けっぱなしになっており、末摘花は外を眺めていた（御簾についての言及はない）。

こういった絵画的な光景は、「女君の物思いの有様の常套表現」（同頭注）でもあろうが、現実の末摘花には似つかわしくない設定ではないだろうか。(6) どうもこのあたりの描写は、当の源氏のみならず、読者までも物語の仕掛け（だましのテクニック）にひっかかって、末摘花の美的幻想を抱かせられているようである。

もっともそれは、末摘花側が意図的にだまそうと思って仕組んだものではあるまい。末摘花がどのような物思いをしていたのか知るよしもないが（あるいは亡き父を追憶していたか）、「梅の香をかしきを見出して」という行為さえも、命婦によって善意に解釈されているだけなのかもしれない。つまりこの格子は、必ずしも末摘花の意思（美意識）によって開放されているのではないかもしれないからである。

後に命婦が格子を閉めているところから察するに、開け放たれた（あるいは閉め忘れられた）

格子は、すなわち気のきいた女房不在（この場面には乳母子の侍従も登場しない）を意味することにもなる。必然的に、末摘花の生活不如意を表出しているとも読めるのではないだろうか。その場合、梅の花は世間に忘れられた女君の喩とも考えられる。(7) そうしてまた末摘花自身も、格子と同様に誰かに開閉してもらわねばならぬ存在でもあったのである。

三、「一枚格子」と「二枚格子」

ところで当時の格子には、前述したように一枚格子と二枚格子があったようである。ただし従来はほぼ二枚格子と考えられていた。そのことは小西甚一氏の「あかずの格子」『古文の解説』（ちくま学芸文庫）を読めば明らかであろう。そこに一枚格子に関する言及は一切なされていないからである。

原則として、一枚格子は内側から内部へ上げられ、二枚格子は外側から外部に上げられる。それに関連して付随している御簾も、二枚格子の場合は内側で問題ないが、一枚格子の場合は外側に懸けられることになる（内側だと格子を上げる際に邪魔になる）。しかしながら物語などでは両者の区別をほとんどしておらず、ただ単に格子としてのみ描かれている。従来はその区別を怠っていたようであるが、それが一枚格子なのか二枚格子なのかを可能な限り判断すべきであろう。(8)

もっとも、現在お寺などに使用されている格子のほぼ全てが二枚格子なので、現代の読者は無意識のうちに格子といえば二枚格子だと思い込んでおり、一枚格子が存在することすら無自覚になっているのではないだろうか（現在一枚格子を見られるのは京都御所の紫宸殿正面、あるいは宇治上神社の拝殿くらいである）。沢田名垂の『家屋雑考』にしても、

中古以来は、今時の制と同じく、墨塗にて間毎に格子あり。上に一枚、下に一枚、掛鉄にてかけおき、開くときは上なるは外の方へ釣り上げ、下ばかりをかけおくなり。物語にもみかうしまゐる、みかうしはなつなどあるは、此事なり。また内格子とて、外の方へ釣りがたき所は、内へ釣り上げおくも常の事なり。母屋と廂と二重に格子あれば、母屋の格子は内へつり、廂のは外へつりて、かけがねをかけおくなり。（新訂増補故実叢書二五238頁）

云々とあり、外へ釣る格子と内へ釣る格子は区別しているものの、肝心の内格子が一枚格子か否かは説明されていない。また母屋の格子が内釣りで、廂の格子が外釣りと分類している点、非常にわかりやすいけれども、残念ながらそれは必ずしも資料的に実証されているわけではなさそうである（母家に格子があるとは思えない）。

そもそも平安朝貴族の邸を代表する寝殿造りそのものが、惜しいことにまったく現存してい

ない。そのためこの『家屋雑考』の説が、無批判にそれ以後の格子の解釈に大きく反映しているようであり、当然その誤りについてもそのまま継承されていると思われる。これに対して石田穣二氏は、池田亀鑑編『源氏物語事典上』の「かうし」項目・池田亀鑑著『平安朝の生活と文学』の解説・角川『古語大辞典』の「かうし」項目においてそれを批判的に論じておられる。参考までに『源氏物語事典上』の説明を一部抜き出しておこう。

（一）格子を上げる場合、上一枚のみを上げる、とあるが必ずしもそうでない場合がある。〈用例略〉これらの諸例は、格子を上げ、あるいは上げたままで、庭ないしは外の景をながめるのであるから、上の格子だけを上げたのではない。なお、夕顔や末摘花の巻の格子を手づから上げる、というのは、上下二枚ではなく、一枚、そしておそらくは内側に上げる格子かと思われる。

（二）〈用例略〉『家屋雑考』に「母屋の格子は内へつり、廂のは外へつりて」とあるのは、しかく断定し得ないこと明白である。

（三）格子を出入りに用いた例がある。〈用例略〉

石田氏は『家屋雑考』の説を批判し、一枚格子の存在、出入り口としての格子の機能、格子と蔀の不分明さ等に言及しておられるのである。(9) これを踏まえてもう少し具体的に考えてみたい。

四、「一枚格子」の用例

ここでは『源氏物語』以前の作品から、「一枚格子」らしき存在を確認しておきたい。それは必然的に出入り口とも重なるのだが、例えば『落窪物語』には、

　格子を木の端にていとよう放ちて、おしあげて入ぬるに、（新大系25頁）

とある。これについて私は、『落窪物語の視角』（翰林書房）の「いとよう放ちて」の語釈として、

　この格子は一枚の物。しかし一枚格子なら外から開けるのは不審。鍵がかかっていなければ、ただ押すだけで開くはずだからである。「放つ」が鍵をはずす意ならば問題ない。（71頁）

云々と説明を施していた。道頼は格子を上げて中に侵入しているのだが、これだけではこの格子を一枚格子と断定することはできそうもない。「放つ」「おしあげ」と二動作あることから、まず格子の掛け金をはずし、次に格子を外から内に「おしあげ」（「開けて」でも可？）ることになる。(10)続く三日目の記述に、

「など御格子の鳴る」とて寄りたれば、「あけよ」との給声におどろきて引きあげたれば、入りおはしたるさましほるばかりなり。（新大系48頁）

とあり、あこきが内側から格子を引き上げて道頼を中に入れていることと合わせて考えると、ここは一枚格子であったことが確定するのではないだろうか（ただし御簾の存在は確認できない）。逆にこれを二枚格子とすると、どうやって出入りするのか説明に窮することになる（下の格子を上にスライドさせたとは読めそうにない）。

『源氏物語』にも格子から入っている例として、

・「そそや」など言ひて、灯とりなほし、格子放ちて入れたてまつる。（末摘花巻291頁）

・御格子うち叩きたまふも、久しくかかることなかりつるならひに、人々も空寝をしつつ、

やや待たせたてまつりて引き上げたり。（若菜上巻69頁）

等があり、明らかに室内にいる女房が格子を引き上げて（開けて）外の源氏を入れている。末摘花巻の「格子放ちて」は、単に格子を上げる（開ける）のではなく、中に入れることを前提にして鍵をはずすことを含んでいるように読める。なお若菜巻の例は、二枚格子の下格子を上に引き上げたとも読めなくはない。また末摘花巻では源氏が、

からうじて明けぬる気色なれば、格子手づから上げたまひて、前の前栽の雪を見たまふ。（末摘花巻291頁）

と自身で格子を上げている。一枚格子でなければ室内からは上げられないのではないだろうか。ただし若菜巻同様に、下格子を上げたと読めないこともない（ここも簾は不在）。もちろん源氏は、前栽の気色をながめるふりをして、実際は末摘花の容貌を自分の目で確かめたのであるが、その結果は最悪であった。加えて、

生ひなほりを見出でたらむ時と思されて、格子ひき上げたまへり。いとほしかりし物懲り

に、上げもはてたまはで、脇息をおし寄せてうちかけて、御ぐきのしどけなきをつくろひたまふ。（末摘花巻304頁）

とあるのは、前に格子を全部上げて末摘花の醜貌をはっきり見たことに懲り、今回は脇息に格子を載せて、半開きの状態にしてあまり明るすぎないようにしているのである（この場合は「引き開け」の方がベターか）。これも一枚格子だからこそ可能な行為ではないだろうか。下格子を上げて脇息で半開きにするのであれば、「うちかけて」とは表現しないはずだからである。[11]

また『枕草子』二八〇段の有名な「香炉峰の雪」章段にしても、

御格子上げさせて、御簾を高く上げたれば、笑はせたまふ。（433頁）

とある点、石田氏が述べておられたように、二枚格子では下の格子（当然「蔀格子」のこと）が邪魔になって、座ったままでは外の景色は見えないはずである（下格子まで上げているとは読めない）。一枚格子だとすると、御簾は格子を中から上げた後で、巻き上げることになる。[12] ただし一枚格子は面積から言って二枚格子よりも倍くらい重いであろうから、非力な女房でも取り扱えたと断言する自信はない。軽量化されている証拠が見当たらないので、この点が今後の課題として残る。

五、格子のはさま

最後に、用例的にも意味的にも難解な表現として、武山氏も一枚格子と対で言及しておられる「格子のはさま」をあげておきたい。まず『落窪物語』に、

・格子のはさまに入れ奉りて、（新大系22頁）

と出ている。これについて前記『落窪物語の視角』の「格子のはさま」語釈において、「はざま」と濁るのは室町時代以降。格子と柱との間であろう。しかし格子と柱との間に入ることが可能であろうか。この格子は室内のほうへ上げるようになった一枚格子と思われ、それを室内の方に少し押して、柱との間に隙間を作り、そこに身を忍ばせるのであろう。しかし格子を押したら気付かれるはずである（あこきに聞こえる）。母屋の格子と簀子の格子の間、すなわち廂の間とする説もある。しかし母屋と廂の間に格子があるかどうか、現在のところ不明と言わざるをえない。あるいは格子と簾の間（「簾のはさま」と同義語）

か。「簾のはさまに入りたまひぬ」（『源氏物語』空蟬巻）。その場合、格子が閉っていても垣間見可能でなくてはならない。いずれにしても少将からは姫君達が見えるが、姫君側は気付かないことが条件となる。（66頁）

云々と私見を述べている。それに対して『源氏物語』末摘花巻には、

・やをら入りたまひて、格子のはさまより見たまひけり。（末摘花巻289頁）

とある点、『源氏物語』の『落窪物語』引用とも考えられる。(13)ただし『落窪物語』では身をひそめる空間としての「格子のはさま」であり、末摘花巻では垣間見るための「格子のはさま」(14)であるから、両者の違いをきちんと区別すべきではないだろうか。

そこで視点を変えて、空蟬巻の「簾のはさまに入りたまひぬ」（119頁）のように、体を入れる「格子のはさま」に類似した表現を探したところ、『うつほ物語』国譲上巻には、

中のおとどの東の簾と格子との狭間になむ入りたりし、（おうふう版647頁）

と、折衷的な「簾と格子との狭間」の例が出ていた。これによって少なくとも簾と格子の間に入る例が確認されたわけである。という以上に、格子と御簾は本来セットになっているものである。

その他『枕草子』一〇〇段には、

かいま見の人、隠れ見の人隠れ蓑取られたる心地して、あかずわびしければ、御簾と几帳との中にて、柱の外よりぞ見たてまつる。〈中略〉かの御簾の間より見ゆるは、（203頁）

とあり、これもヒントになりそうである。ここでは格子ではなく、「御簾と几帳との中」と異なっているが、「垣間見」という設定であること、また几帳という隔ての小道具の存在に留意したい。特に「隠れ蓑取られたる心地して」とある点、垣間見る側は自分の姿を隠さなければならなかったことが察せられる。

こうしてみると、人が隠れることのできる「格子のはさま」あるいは「簾のはさま」は、格子と格子の間ではなく、まして格子と柱の間でもなく、やはり格子と簾の間と考えるのが妥当ではないだろうか。(15)

それに対して前述の『枕草子』一〇〇段の後半には、「かの御簾の間より見ゆる」と、見るための「御簾の間」があった。女三の宮を垣間見た柏木の回想にも、「まづは、かの御簾のはさまも、さるべきことかは」（若菜下巻259頁）とある。これは唐猫が御簾を引っぱることで生じた隙間から女三の宮を垣間見たものであるから、御簾と御簾との隙間でしかありえまい。これに類似した例として、手習巻の「風の騒がしかりつる紛れに、簾の隙より、なべてのさまにはあるまじかりつる人の、うち垂れ髪の見えつる」（308頁）という中将の言葉や、『大鏡』道兼伝の「風の御簾を吹き上げたりしはさまより見入れしかば」（285頁）があげられる。これらの例は、通常では御簾に隙間など存在しないのだが、風（猫）などの特殊な力が作用することで、瞬間的に隙間ができることで垣間見可能となるわけである。

もちろん格子にも同様に、見ることのできる隙間があった。たとえば浮舟巻には、

格子の隙あるを見つけて寄りたまふに、伊予簾はさらさらと鳴るもつつまし。新しうきよげに造りたれど、さすがに荒々しくて隙ありけるを、誰かは来て見むともうちとけて、穴も塞がず、（浮舟巻119頁）

と、垣間見可能な格子の「穴」（隙）の存在を饒舌に説明している。これは張ってある板に存

する節穴や隙間のことらしい（もともと格子に隙間があるのなら塞ぐ必要はあるまい）。この場合、匂宮は伊予簾と格子の間に入ってのぞいていると考えられるので、必然的に一枚格子ということになる。[16]

こう考えると、『落窪物語』や末摘花巻の「格子のはさま」の解釈について、従来は垣間見る便宜としての「はさま」と、人が入って隠れる空間としての「はさま」を混同していたのではないだろうか。[17]もしそうなら末摘花巻の例は、あくまで「見る」ためのものであることを強調しておきたい。

結

以上、格子にまつわる問題点をあげ、それについていささか資料をあげながら多方面から論じてきた。検討の結果として、『源氏物語』には一枚格子の例が普通に存しており、特に末摘花巻の格子は、重量のことさえクリアーされれば、「一枚格子」と考えていいと思われる。その格子は単に外部と遮断することで、室内にいる末摘花を守るバリケードというだけでなく、逆に訪れる人のいない没落宮家の末摘花が、開閉してくれる誰か（男性）をじっと待つことの喩としてとらえられそうである。その格子を安易に「手づから」上げ（開け）てしまった光源氏は、その呪縛によって末摘花を終身養う義務を負わされたわけである。

今後格子の用例に出会った際は、その開閉や御簾との位置関係などを手掛かりに、一枚格子なのか二枚格子なのか、あるいは質的に高級か否かなどを常に考えていただきたい。また垣間見場面に多出する「格子のはさま」には二種類あり、垣間見の便宜を提供するための隙間というだけでなく、垣間見ている人の存在を隠す一種の隠蓑的な特殊空間としても機能していることを提起しておきたい。これについては、「簾のはさま」や「屛風のはさま」などとあわせて今後も考えを深めていきたい。(18)

注

（1）吉海「源氏物語「窓」攷―帚木巻の用例を中心に―」解釈42―2・平成8年2月。

（2）『住吉物語』を見ると、六角堂の別当法師が姫君に通っているという継母の讒言の中に「中の格子を放ちて出ける」（新大系317頁）とあり、妻戸等とは別に親に内緒の恋人の私的な通路（出入り口）として設定されている（正式な通路ではあるまい）。ただし「中の格子」の実態も未詳であるし、そこに住む姫君側がそのことに一切気付いていない点に疑問が残る。

（3）武山隆昭氏「「格子・蔀・半蔀」考」解釈学1・平成元年6月。武山氏は様々な資料を駆使して『住吉物語』・『落窪物語』・『枕草子』の用例を検討されており、大変参考になる。特に二枚格子についての、「少し低めに見て上長押までの高さを一米八十糎としてその半分の九十糎、トレパン姿で助走をつければ私でも跳べるが、衣摺れの音もさせずに出ることはとても無理である」（16頁上段）や、『落窪物語』の「格子のはさま」の解釈に関する、『角川文庫』の「格子と柱との間隙」はもっとひどい。ごきぶりならいざしらず、人間が入れるわけがない」（21頁下段）という説明には思わず吹き出してしまった。ただし武山氏は末摘花巻の用例にはほとんど言及されていないので、今回考察してみた次第である。なお小西甚一氏の「あかずの格子」『古文の読解』（ちくま学芸文庫）では、一枚格子に一切言及されておらず、空蟬巻の用例に関して二枚格子とされた上で、「小君が入るとき、上半分だけあけさせ、ハードル式にとびこえて入ったのでないことは、もちろんである」（31頁）とコメントされている。いかがであろうか。

（4）吉海「親戚の女房」『源氏物語の新考察』（おうふう）平成15年10月参照。

（5）小学館『古語大辞典』「しとみ」項の語誌でも、「「格子」は、その作り方からの名であり、蔀はその機能からの名であって、結局同じものの別名のようである。ただ、源氏物語・総角では「はかなき様なる蔀」をはじめ全五例が粗末な家のものであり、格子よりやや粗製のものであったかもしれない」と解説されている。ただし武山氏は必ずしも品質の違いでは割り切れないとして反論しておられる。たとえば『枕草子』一三二段の「円融院の御果ての年」章段には、「今日明日は、物忌みなれば、蔀もまゐらぬぞとて、下は立てたる蔀より取り入れて」（新編全集250頁）とあり、最高級のはずの内裏に「蔀」（立蔀？）が用いられている矛盾が指摘されている。そのことは東望歩氏「『枕草子』格子考」『日本古典随筆の研究と資料』（思文閣出版）平成19年3月でも指摘されている。あるいは場所によって区別されているのかもしれない。また格子が規則的に上げ下げされているのに対して、蔀は必ずしもそうではないようである。

（6）この風流な雰囲気は、どこか『枕草子』の「香炉峰の雪」章段に似通っていないだろうか。

そうすると末摘花に中宮定子が、そして命婦に清少納言が投影されていることになる。まして梅は定子の喩でもあったはずである。あるいはここに密やかな紫式部の『枕草子』引用と清少納言批判を読み取ることができるのかもしれない。

（7）梅・月・あばら屋等からは、『伊勢物語』第四段が連想される。もしそうならここでは「月やあらぬ」歌がパロディ的に利用されていることになろう。

（8）蔀には「半蔀」「小蔀」「立蔀」があるが、格子には「半格子」「小格子」「立格子」といった言い方は見当たらない。そうなると構造的に蔀は二枚格子であって、一枚格子とは重ならないことになる。一枚格子のことを格子、二枚格子のことを蔀と区別することも一案である。

（9）石田穰二氏「源氏物語の建築」『源氏物語論集』（桜楓社）昭和46年11月参照。また飯村博氏の『続・源氏物語の謎』（右文書院）平成9年6月にも、「寝殿の格子は光を通さない」「入口として使われた格子を考える」項などが見られる。

（10）倉田実氏は、室内から「押し上げる」のが二枚格子、「引き上げる」のが一枚格子としておられる（「『源氏物語』の格子考」『王朝女流文学の新展望』（竹林舎）平成15年5月）。この場合は室外からであるから、その反対に「押し上げ」るのが一枚格子ということになる。ただし『紫式部日記』には、外から二枚格子の上を引き上げる動作を、「まださささぬ格子の上押しあげて」（新潮集成48頁）としている例がある（紫式部日記絵巻にも、二枚格子の上が描かれている）。また一枚格子説を否定される中澤宏隆氏は、「落窪に「遣戸を押しあけて」という表現があるが、遣戸＝引戸を「押しあけ」ることはできまい」と述べておられる（「「格子」と「蔀」についての一考察」香川高校教育研究会国語53・平成12年11月）。確かに遣戸（引戸）であるから「押し上げ」ることも「押し開け」ることもできないはずである。その場合の接頭語「押し」は、「プッシュ」ではなく「無理に～する」という意味であろう。

(11) 萩谷朴氏「悪貨は良貨を駆逐する―本文解釈の方法論に関して―」日本文学研究24・昭和60年1月、山本利達氏「格子開閉の表現」『紫式部日記攷』(清文堂出版) 平成3年11月参照。山本氏は二枚格子説（下の格子は撤去）で、少納言は内側から御簾を巻き上げたと考えておられる。

(12) 武山氏や倉田氏もそのように理解しておられる。ただし外御簾は内側から巻き上げることも可能である。ちなみに風俗博物館製作の六条院模型は外御簾を内側から巻き上げた形になっている。なお鈴木亘氏「内裏と院御所の建築」『源氏物語と平安京』(青簡舎) 平成20年7月では、蔀は雨風を防ぐ建具であり板を張った板戸とされ、格子は光を採り入れる建具であり組子の間を透かしていたとされている。この方が「格子の穴」の説明は付けやすいが、それでは『枕草子』の章段が困ってしまう。格子を上げなくても外が見えることになるからである。第一寒くて耐えられないであろう。

(13) 小林美和子氏「「世づかぬ姫君」末摘花と落窪の君」国文学攷138・平成5年6月（『王朝の表現と文化』(笠間書院) 平成11年4月収録）参照。

(14) 『貝合』にも「その姫君たちの、うちとけたまひたらむ、格子のはさまなどにて見せたまへ」(新編全集『落窪物語堤中納言物語』447頁) とある。この場合、蔵人少将は「西の妻戸に、屛風押し畳み寄せたるところ」(448頁) に案内されているが、それは「格子のはさまなど」の「など」であって、ここを「格子のはさま」の具体的場所と見ることはためらわれる。

（15）その他、「妻戸の御簾をひき着給へば」（花宴巻365頁）や「あながちに、妻戸の御簾をひき着て、几帳の綻びより見れば」（野分巻284頁）などの興味深い例もある。

（16）この部分、『枕草子』二六段「にくきもの」章段の「伊予簾などかけたるに、うちかづきて、さらさらと鳴らしたるも、いとにくし」（67頁）を踏まえているとも考えられる。

（17）『落窪物語』の格子が蔀格子であれば、閉まっている「格子のはさま」から少将が姫君を垣間見ることになる。見るだけならば格子の板の穴、あるいは格子と柱の隙間でも可能であろう。室城秀之氏はこれを見るための隙間と解釈されたのか、「「格子のはさま」は、格子と柱との間にできた隙間のことと解する説に従った。ただし、ことさらに押し開けて作った隙間ではなく、格子と柱がぴったり合っていないためにできた隙間なのではないだろうか」（『新版落窪物語下』角川文庫312頁）と述べておられる。『狭衣物語』巻四にも、「有明の月も出でにければ、格子の隙どもより、ところどころ漏り入りたるが、いと心尽しなるに、思し侘びて格子のもとのかぎりを放ちて、押しやりたまへれば、残りなう射し入りたるを」（281頁）という例が見られる。なお空蟬巻では、「この入りつる格子はまだ鎖さねば、隙見ゆるに寄りて」（空蟬巻119頁）とあるように、格子が閉ざされていないことがきちんと明記されている。その他、垣間見るための「もののはさま」の用例として、「物のはさまよりのぞけば、この男の顔見し心地す」（玉鬘巻106頁）、「ゆかしくて物のはさまより見れば、いときよらに」（東屋巻42頁）、「おぼえなきもののはさまより見しより」（東屋巻92頁）などもある。「はさま」と「隙」は区別すべきかもしれない。

（18）源氏が藤壺の寝所に侵入した際は、「御屛風のはさま」（賢木巻109頁）に隠れて藤壺を垣間見ている。また匂宮が初めて浮舟を垣間見たのも「屛風のはさま」（東屋巻61頁）からであった。

こういった垣間見るための「屏風のはさま」も、「格子のはさま」同様に特殊空間と見ることができるのではないだろうか。

第十二章　「簾を捲き上ぐ」について

一、『枕草子』から『源氏物語』へ

以前、『枕草子』「雪のいと高う降りたるを」章段の「御簾」について言及したことがある。(1) そこでは典拠となっている白楽天の詩にある「撥簾看」の意味が、決して「捲き上げる」意味ではなく「はねる」こと、つまり「手でかかげる」所作であることを論じてみた。さらに古典の教科書に参考として掲載されている土佐光起や上村松園の絵が、かえって「捲きあげる」という解釈を視覚的に補強していることを指摘して、絵画（視覚）による誤読の危険性を警告しておいた。(2)

その後、白楽天の詩を多く引用している『源氏物語』を調べてみたところ、ここでも「捲き上げる」意味で用いられていたので、これは単に『枕草子』独自の問題ではなく、平安朝における白楽天享受（受容）の問題として、あらためて考えてみなければならないことがわかった。

二、『源氏物語』の「枕をそばだてて」

最初に『源氏物語』において、白楽天の「香鑪峰下」の詩を引用している箇所を指摘しておきたい。まず有名な須磨巻の場面があげられる。

①御前にいと人少なにて、うち休みわたれるに、独り目をさまして、枕をそばだてて四方の嵐を聞きたまふに、波ただここもとに立ちくる心地して、涙落つともおぼえぬに枕浮くばかりになりにけり。（須磨巻199頁）

これは須磨に流謫した源氏のわび住まいを描写したところであるが、「枕をそばだてて四方の嵐を聞きたまふ」には、明らかに白楽天の「遺愛寺ノ鐘ハ枕ヲ欹テテ聴キ」が引用されている。ただし所柄、漢詩の「寺の鐘」が「四方の嵐」にずらされている。次に柏木巻の例をあげたい。

②重くわづらひたる人は、おのづから髪、髭も乱れ、ものむつかしきけはひも添ふわざなるを、痩せさらぼひたるしも、いよいよ白うあてはかなるさまして、枕をそばだてて、もの

など聞こえたまふけはひいと弱げに、息も絶えつつあはれげなり。（柏木巻314頁）

これは重病の柏木が、見舞いに来た親友の夕霧と面会する場面である。ここでは柏木が、夕霧に対面するために無理に起きあがっているので、必ずしも外の気色を見るための所作ではなかった。また外の音も聞いていないので、積極的な白楽天の詩の引用とは認めがたい。この場合は既に「枕をそばだてて」表現が、漢詩から独立して一種の慣用表現として一人歩きしていると見たい。そのことは先の須磨巻の用例に関して、新編全集付録の「漢籍・史書・仏典引用一覧」に、

『白氏文集』巻十六、「香鑪峰下ニ新ニ山居ヲトシ、草堂始メテ成リ、偶《たまたま》東壁ニ題ス、五首」の中の第四首、七言律詩、

日高ク睡リ足リテ猶起クルニ慵《ものう》シ　小閣衾ヲ重ネテ寒ヲ怕《おそ》レズ
遺愛寺ノ鐘ハ枕ヲ欹テテ聴キ　香鑪峰ノ雪ハ簾ヲ撥ゲテ看ル〈以下略〉

この第三・第四句は『和漢朗詠集』にも入っている。また『枕草子』（雪のいと高う降りたるを）で、清少納言が中宮定子の「少納言よ、香鑪峰の雪いかならむ」とのお言葉に、即座に御簾を上げた故事でも有名である。この白詩を物語の源泉とすることは当然ではある

が、この「欹枕」の語は先行する平安朝漢文の『文華秀麗集』巻上「江頭春暁」、『経国集』巻十三「山居驟筆」、『菅家後集』の「聞旅雁」、『天徳闘詩』の「蛬《きりぎりす》声入夜催」などにも見えていて、既に当時の常套語に化していたと思われる。

（515頁）

と説明されていることからも納得されよう。柏木巻は白楽天の詩の引用のようでありながら、まさに常套表現に化していたのである。(3) 続いて続編の総角巻を見てみよう。

③十二月の月夜の曇りなくさし出でたるを、簾捲き上げて見たまへば、向かひの寺の鐘の声、枕をそばだてて、今日も暮れぬとかすかなるを聞きて、

おくれじと空ゆく月をしたふかなつひにすむべきこの世ならねば

風のいとはげしければ、蔀おろさせたまふに、四方の山の鏡と見ゆる汀の氷、月影にいとおもしろし。

（総角巻332頁）

これは薫が亡き大君を偲んでいるところである。そのためか「枕をそばだてて」だけでなく「簾捲き上げて」ともあるので、明らかに白楽天の「遺愛寺ノ鐘ハ枕ヲ欹テテ聴キ　香鑪峰ノ雪ハ簾ヲ撥ゲテ看ル」を対句として踏まえていることがわかる。原詩の「簾ヲ撥ゲテ看ル」が

「簾捲き上げて見たまへば」になっている点、既に解釈が変容している証拠であろう。なお「風のいとはげし・四方の」は、①の「四方の嵐」と似通った表現になっている。

三、『源氏物語』の「簾を捲き上げて」

前章に引用した三つの場面においては、「枕をそばだてて」の方が印象的であり、[4]「簾を捲き上げて」は影が薄いようにも思われる（③のみ引用）。そこであらためて「簾を捲き上げて」の例を探したところ、『源氏物語』には七例も用いられていることがわかった（すべて簾と結合している）。ただしその内の須磨巻（185頁）・野分巻（273頁）・横笛巻（358頁）・竹河巻（79頁）の四例は、白楽天の詩とは無関係と思われる。[5]

積極的な引用の例としては、まず朝顔巻の、

④すさまじき例に言ひおきけむひとの心浅さよとて、御簾捲き上げさせたまふ。月は隈なくさし出でて、ひとつ色に見え渡されたるに、しをれたる前栽のかげ心苦しう、遣水もいたうむせびて、池の氷もえもいはずすごきに、童べおろして雪まろばしせさせたまふ。

（朝顔巻490頁）

があげられる。ここに「枕をそばだてて」は用いられていないが、③とは「月・氷」が共通している。むしろ「簾を捲き上げて」は、『枕草子』「雪のいと高う降りたるを」章段の印象が強烈なために、雪の場面に用いられるのが常套となっていたとも言える。

ここに「すさまじき例」とあるのは、③の「十二月の月夜」を含めて、『枕草子』「すさまじきもの」章段との関連が問題にされているところである。(5)

注目すべきは③も④も共に「簾捲き上げ」となっており、白楽天の「撥」（かかげ）から変容していることである。(6)そのことは後の注釈書にも及んでおり、例えば『河海抄』の該当箇所の注には、

一条院雪の朝に香炉峯雪いかがありけんと仰せられけるに清少納言御前に候けるが御返しをば申さで御簾をまきあげたりけるやさしきためしに時の人申けり。

（『紫明抄河海抄』角川書店367頁）

と記されている。ここでは発話者が定子から一条院に変わっており、(7)「御返しをば申さで」・「やさしきためし」などを含めて、『枕草子』からの引用というよりも、『十訓抄』の記述と酷似している。ただし『十訓抄』では「御簾を押し張りたりける」とあって、決して「御簾をま

きあげたりける」とはなっていない。この点は『河海抄』の折衷案（あるいは誤読）ということになろうか。

ついでにもう一例あげておきたい。それは有名な橋姫巻の垣間見場面である。その本文は、

⑤月をかしきほどに霧りわたれるをながめて、簾を短く捲き上げて人々ゐたり。（橋姫巻139頁）

となっている。ここでは「短く」が挿入されているのでわかりにくいが、それを除くと「簾を捲き上げて」で一致している。また「月」も③④と共通しているのであるから、これも白楽天の引用の変形と見ておかしくあるまい。どうやら簾の方は、「雪」よりも「月」との相性がよさそうである。(8)

なお引用とまでは言えないかもしれないが、横笛巻の、

⑥「こは、など。かく鎖し固めたる。あな埋れや。今宵の月を見ぬ里もありけり」とうめきたまふ。格子上げさせたまひて、御簾捲き上げなどしたまひて、（横笛巻358頁）

も、「月」を見るために御簾を捲き上げている。その前に「格子上げさせ」とあるので、セットで見ると『枕草子』の引用と考えても良さそうである。

結

以上、『源氏物語』には白楽天の「香鑪峰下」の詩が引用されていたが、それは「枕をそばだてて」表現の方がやや優勢であったことがわかった。

一方の「簾をかかげて」は、引用回数が少ないだけでなく、「簾を捲きあげて」表現へと微妙に変容していることが明らかになった。(9) これは中国と日本の簾の用途の差によるものかもしれない。そのことは『蜻蛉日記』天禄三年二月三日条に、

三日になりぬる夜降りける雪、三四寸ばかりたまりて、今も降る。簾を巻きあげてながむれば、「あな寒」と言ふ声、ここかしこに聞こゆ。風さへはやし、世の中いとあはれなり。(275頁)

とあることからも察せられる。この箇所が白楽天の引用とは断言できないものの、出典に忠実に「雪」が描かれており、その上で「捲き上げて」とあるのだから、既に『蜻蛉日記』の時点

で「撥」が「捲き上げ」と解釈されていたことになりそうだ。

なお本稿では、橋姫巻の「簾を短く捲き上げて」も、引用の例に加えてみたが、簾の方は日本文化に順応してか、「雪見」から「月見」にスライド（変容）していることも付け加えておきたい。

注

（1）吉海「教室の内外─『土佐日記』・『枕草子』・『篁物語』・『今昔物語集』─」同志社女子大学日本語日本文学22・平成22年6月。

（2）そのことは浜口俊裕氏「枕草子「香炉峯の雪」章段の絵画の軌跡と変容」『物語絵・歌仙絵を考える─変容の軌跡─』（武蔵野書院）平成23年5月でも言及されている。なお清少納言のもう一つのポーズは、素庵本百人一首絵入版本以来の伝統的なかるた絵の横向き姿である。これは恐らく不美人であることを表象していると思われる。

（3）『住吉物語』にも「枕をそばだてて」が引用されており、吉海『住吉物語』（和泉書院）の注では、「まくらをそばだてて─枕を縦にして頭を高く持上げる。「遺愛寺ノ鐘ハ枕ヲ欹テテ聴ク」（『白氏文集』巻一六）、「枕を欹てて閑窓に臥すとき」（『菅家文草』石泉）、「枕をそばだてて帰り去らむ日を思ひ量らふに」（『菅家後集』聞旅雁）、「枕をそばだてて四方の嵐を聞きたまふ」（『源氏物語』須磨巻）、「枕をそばだてて、ものなど聞こえたまふ」（『源氏物語』柏木巻）。「向かひの寺の鐘の声、枕をそばだてて」（『無名草子』）。〈黒須重彦氏「「枕をそばだつ」について」『源氏物語探索』武蔵野書院参照〉。」とコメントしておいた。日本での白氏引用は菅原道真が嚆矢のようである。なお『源氏物語の鑑賞と基礎知識⑮柏木』(至文堂)の鑑賞欄では「「角枕」を半回転し、高い枕にして、半身を支える状態をいう(工藤篁『中国語学』昭和33年、戸川芳郎『汲古』昭和63年)」(101頁)と解説されている。確かに柏木は病人なので、枕で体を支えると解釈すべきであろう。

(4)「枕をそばだて」については、黒須重彦氏「「枕をそばだつ」について―望郷と絶望―」『源氏物語探索』(武蔵野書院)平成9年11月、小山香織氏『源氏物語』の「枕をそばだてて」―恋いわびる独り寝の男君たち―」瞿麦14・平成13年11月などの御論がある。なお黒須氏はそこに「謹慎」の態度を見ておられるが、須磨巻に関してはそれでピッタリしている。

(5)吉海『源氏物語』の『枕草子』引用」『源氏物語の新考察』(おうふう)平成15年10月、宮崎荘平氏「「冬の夜の月」のこと」『清少納言と紫式部―その対比論序説』(朝文社)平成5年4月。

(6)神田秀夫氏によれば、「此の撥簾の「撥」は「捲」き上げる意味ではなく、簾を裾から、或は横から、はねてのぞいて見る小さな動作である。〈中略〉一々捲き上げたり下ろしたりするわけではない」とのことである(「白楽天の影響に関する比較文学的考察」『古小説としての源氏物語』(明治書院)昭和59年1月)。

(7)『十訓抄』から引用したものは、発話者が一条天皇になっている。これだと清少納言は、定子付きの女房というより天皇付きの女房となる。

(8)「短く」の意味に関しては、松尾聰氏「中古語「みじかし」について」国語展望45・昭和52年3月、中尾聡子氏『源氏物語』解釈の探究―橋姫巻「簾を短く捲き上げて」より―」筑紫語文

17・平成20年10月、吉海「『源氏物語』橋姫巻の垣間見を読む」同志社女子大学日本語日本文学21・平成21年6月参照。

（9）『狭衣物語』巻三の、「入相の鐘の音ほのかに聞こえたる、夕べの空のけしき、所がら、言ひ知らず心細げなるを、簾かき上げて、つくづくと眺めたまひて」（新編全集141頁）は、③総角巻が踏まえられているようなので、「かき上げ」よりも「捲き上げ」本文の方がふさわしいのではないだろうか。また『徒然草』二三〇段には、「御簾をかかげて見るものあり。「誰そ」と見向きたれば、狐、人のやうについ居て、さし覗きたるを」（新編全集259頁）とあり、正しく「御簾をかかげて見る」としている。

第十三章　「丈高し」をめぐって

一、「葛城神話」先行論文紹介

後藤祥子氏の「源氏物語と歌語り―葛城神話と夕顔・末摘花―」(1)は非常に魅力的な御論である。特に末摘花と葛城神話のかかわりを、「知的仕掛け」とする読みの深さに興味を覚えた。つまり、末摘花の座高の高さがことさら強調されていることに対して、『日本書紀』雄略天皇四年二月条の、

四年の春二月に、天皇、葛城山に射猟《かり》したまふ。忽《たちまち》に長き人《たきたかきひと》を見る。来たりて丹谷《たにかひ》に望めり。面貌容儀《かほすがた》、天皇に相似《たうば》れり。（大系本上466頁）

に見られる一事主神の「長き人」という特性の投影を読み取っておられる点である。もちろん

身長と座高、あるいは男と女という質の違いはあるものの、〈日本紀の御局〉とあだなされた紫式部なら、それくらいの脚色（パロディ化）は全く問題になるまい。

ところで、この「長き人」（丈高し）という表現に注目すれば、柏木の病気平癒のために父大臣が「葛城山より請じ出でたる」「かしこき行者」も何故か、

この聖も、丈高やかに、まぶしつべたましくて、荒らかにおどろおどろしく陀羅尼を読むを、（柏木巻293頁）

のごとく「丈高やか」な特徴が明示されており、ここにも葛城神話がひそかに影を落としていると見ることもできよう(2)。この場合は役の行者とのかかわりも十分考えられるが、そういった指摘が注釈書類にほとんど見当たらないのは、物語進行における発展的意味（登場の必然性）を見出しがたいためであろうか(3)。

むしろこの行者は玉鬘巻で、

三十ばかりなる男の丈高くものものしくふとりて、きたなげなけれど、思ひなし疎ましく、荒らかなるふるまひなど見ゆるもゆゆしくおぼゆ。（玉鬘巻95頁）

と紹介されている髭黒と、無風流・「荒らか」などで共通しているのではないだろうか。そうなると『源氏物語』の「丈高し」はむしろマイナスイメージ（反雅）を有することになる。その点についてもう少し詳しく考察してみよう。

二、空蟬巻の「葛城神話」

さて本論では、後藤氏によって指摘されている夕顔・末摘花巻に加えて、空蟬巻にある「丈高き人」を俎上にのぼせてみたい。垣間見の呪力によるのであろうか、空蟬と間違えて軒端の荻と契った光源氏は、その帰りに空蟬に仕える老女房に見とがめられ、非常に危うい体験をすることになる。その折の描写の中に問題の言葉が含まれている。まずその本文をあげて、具体的に検討してみたい。

暁近き月隈なくさし出でて、ふと人の影見えければ、「またおはするは誰そ」と問ふ。「民部のおもとなめり。けしうはあらぬおもとの丈だちかな」と言ふ。丈高き人の常に笑はるるを言ふなりけり。老人、これを連ねて歩きけると思ひて、「いま、ただ今立ち並びたまひなむ」と言ふ言ふ、我もこの戸より出でて来。（空蟬巻127頁）

ここに一回的に登場した老女房は、「暁近き月」の光によって光源氏の影（存在）を見とがめた際、「民部のおもとなめり。けしうはあらぬおもとの丈だちかな」云々と口にしている。ここでは老女房自身の独り合点によって、源氏はかろうじて発覚の危機を免れたわけである。その老女房の独り言の説明の中に、背が高くていつも笑われている女房の存在が、「丈高き人の常に笑はるるを言ふなりけり」と草子地を用いて読者に明かされている（ただしこの女房は話の中のみの登場）。その中にある「丈高き人」という表現こそは、後藤氏の指摘しておられる『日本書紀』の「長き人」と一脈通じているのではないだろうか（この関連についても、諸注釈書類における指摘は見当たらない）。

この場面では、老女房が勝手に光源氏を民部のおもとと見誤って、そのおもとの肉体的欠点を皮肉っているわけであるから（一人芝居）、やはりマイナス表現となろう。しかし民部のおもとならぬ光源氏は桐壺帝の皇子であり、まさに『日本書紀』における一事主神のように「面貌容儀、天皇に」相似していたはずである（潜在王権）。その場合、一事主神の再現たる光源氏（男）にとっては、背の高さが短所にならないことは言うまでもない。というよりも男性としての光源氏はさほど長身ではあるまい。ここでは薄明るい月の逆光によって影のみが問題にされているわけだが、そういった言説のずれ（誤解）が面白いのである。

三、「葛城神話」の二重構造

しかしながら、これとは別に『三宝絵詞』中巻に見られるような、

昼は形みにくしとて、夜に隠れて造り渡さむと云ひて、夜々急ぎ造るあひだ、行者葛城の一言主の神を召して捕へて、なにの恥づかしきことかあらむ。形を隠すべからず。

（現代思潮社古典文庫上171頁）

のごとき新たなる役の行者と一言主神（『日本書紀』の一事主神と区別）の説話が醸成・導入されると、『源氏物語』においては男女の転換が容易に生じ、末摘花のごとく醜い女性の喩として際だつことになる。

もっとも光源氏はもちろんのこと、夕顔もそして当事者たる乳母子の右近にしても、

打橋だつものを道にてなむ通ひはべる、急ぎ来るものは、衣の裾を物にひきかけて、よろぼひ倒れて橋よりも落ちぬべければ、「いで、この葛城の神こそ、さがしうしおきたれ」とむつかりて、物のぞきもさめぬめりき。

（夕顔巻150頁）

と発言しているだけで、決して醜い女性として形象されているわけではなかった。(4) 空蟬巻に名のみ登場する民部のおもとにしても、老女房の発言からは背の高さ以外の欠点―容貌の醜さ―は読み取れないのだから、帚木・夕顔巻における「葛城の神」の言説では、少なくとも醜さを積極的に表面化する必要はあるまい。唯一、空蟬の容貌にずらされていると見ることは可能だが、それはあまりに深読みであろう。

それが問題の末摘花巻に至ると、

まづ、居丈の高く、を背長に見えたまふに、さればよと、胸つぶれぬ。（292頁）

のごとく、身長が座高にすり替えられることと相俟って、さらに畳みかけるように、

うちつぎて、あなかたはと見ゆるものは鼻なりけり。ふと目ぞとまる。普賢菩薩の乗物とおぼゆ。あさましう高うのびらかに、先の方すこし垂りて色づきたること、ことのほかにうたてありき。（同頁）

以下、末摘花の醜さ（特に鼻）が執拗に暴露されている。また「いたう恥ぢらひて、口おほひしたまへる」（294頁）にしても、前述した『三宝絵詞』の「なにの恥づかしきことかあらむ。形を隠すべからず」と相通じるのではないだろうか。

こうなると末摘花巻に「葛城の神」引用の二重構造、あるいは変形を認めないわけにはいかなくなるのである。つまり末摘花の言説としては、積極的に『三宝絵詞』以降の醜女という新しい一言主神話を容認・導入しなければ、その面白みは半減してしまうからである。(5)しかしながら、それを安易に葛城神話の変形とのみ考えることは危険である。何故ならば末摘花巻には、同じく醜女をヒロインとする『物忌みの姫君』（散逸）が引用・投影されていると考えられるからである。その点については、前述の空蟬巻の老女房を含めて『落窪物語』とのかかわりも無視できないのであるが、少なくとも末摘花の醜女性が、複合的な所産であることだけは押さえておきたい。

結、帚木三帖の構造

以上、本論では身体的特徴表現である「丈高し」に注目して、「丈高き人」（空蟬巻）・「あながちに丈高き心地」（夕顔巻）・「居丈の高く、を背長」（末摘花巻）・「男の丈高く」（玉鬘巻）・「丈高やか」（柏木巻）の五例を指摘し、その中の空蟬・夕顔・末摘花巻の背景に潜む葛城の神

の特徴を提示・再検討してみた。(6)

後藤氏の葛城神話の見取図では、夕顔巻において『三宝絵詞』的神話（橋造り）が引用され、続く末摘花巻に至って新たに『日本書紀』的神話（長き人）が加えられたと考えられてきた。しかしながら本論で指摘したように、空蟬巻における『日本書紀』神話の投影が認められるならば、それが夕顔巻における『三宝絵詞』的神話と対比構造（帚木三帖としてのまとまり）となっていることになる。その両者が末摘花巻に至って再度引用された際、そこに新たに『物忌みの姫君』がミックスされることと相俟って、『日本書紀』的〈美〉と『三宝絵詞』的〈醜〉の融合・せめぎあい──末摘花幻想──が仕掛けられているのではないだろうか。

そこに作者の引用の巧みさと読者側のとまどいとを読みとりたい。この見取図が正しければ、後藤氏の御論も多少の修正が必要となってこよう。また末摘花巻において、葛城神話が『物忌みの姫君』と融合することで、醜女説話として再構築されたという点は新たな指摘である。なお末摘花巻における光源氏が、夕顔と空蟬の複合的理想像を求めていることについては、既に別稿で論じているので参照願いたい。(7)

こうなると「雨夜の品定め」以降の光源氏は、神話レベルの神的存在として女性のもとに夜な夜な通っていたとも解釈できる（含三輪山式神婚説話）。つまり光源氏の一方的かつ身分差を意識した中の品の女性遍歴は、神婚譚的に脚色されることにより、俗物的な光源氏の好色性あるいは女性側の意識を棚上げにしているのではないだろうか。さらに言えば、その光源氏の中に王権から脱落した古代英雄の姿を見ることもできるかもしれない。

注

(1) 後藤祥子氏「源氏物語と歌語り―葛城神話と夕顔・末摘花―」国語と国文学61―11・昭和57年11月→『源氏物語の史的空間』(東京大学出版会) 昭和61年2月。

(2) 『源氏物語事典上巻』では「葛城の神」と「葛城山」の項が設けられており、共に一言主神と役行者の説話に言及しているものの、「葛城の神」には夕顔巻が、「葛城山」には柏木巻がそれぞれ別個に引用されている。なお夕顔巻の「立ちさまよふらむ下つ方思ひやるに、あながちに丈高き心地ぞする」(夕顔巻135頁) は源氏の誤解であるが、ここにも葛城神話の投影が感じられる (やはりマイナス要素)。ついでながら「丈高し」は形容詞として熟成しておらず、そのため辞書等で立項されていない場合も少なくない。ただし歌論の世界では「長高」という学術用語として多用されている。

(3) これについては、圷美奈子氏がその重要性を説いておられる (『新しい枕草子論』(新典社) 平成16年4月) が、やはり発展的な意味は認められそうもない。後藤氏が前掲論文で「肩すかし」と述べておられるように、あまりにも見え見えの「葛城の神」引用であれば、逆に表層的な引用に留められていることも十分考えられる。

(4) 夕顔巻の「打橋だつもの」(150頁) を深読みすると、この橋は夕顔が五条に移り住むために急遽増築されたものではないだろうか。そのため不完全あるいは使いにくいものだったらしい。だからこそ右近は「いで、この葛城の神こそ、さがしうしおきたれ」（同頁）と腹立ち紛れに口にしているのであろう。なお夕顔と葛城の神のかかわりに関しては、藤河家利昭氏「夕顔」『源氏物語の源泉受容の方法』（勉誠社）平成7年2月に詳しい。

（5）　ただし圷氏は『枕草子』研究の立場から、『三宝絵詞』の「形みにくし」を「口実」と解釈され、葛城神話を「醜貌」ではなく「羞恥心」とする新見を提示されている（「葛城の神」の言説史―『枕草子』を基軸として―」語文100・平成10年3月）。なお圷氏には「「葛城の神」の語をめぐって」（物語研究会会報25・平成6年8月）という論もあることを付け加えておきたい（注（3）掲載書に所収）。『枕草子』「二月、宮の司に」には、「昼はかたちわろしとてまゐらぬなめり」（239頁）とある。

（6）　末摘花に用いられている「居丈」「を背長」は、ともに『源氏物語』における用例一例のみの特殊表現（孤例）であった。

（7）　吉海「末摘花巻の再検討」同志社女子大学学術研究年報43Ⅳ・平成4年12月↓『源氏物語の新考察』（おうふう）平成15年10月。

第十四章　「いさよふ月」と「いさよひの月」

一、「いさよふ月」

『源氏物語』夕顔巻には、次のような興味深い文章がある。

いさよふ月にゆくりなくあくがれんことを、女は思ひやすらひ、とかくのたまふほど、にはかに雲がくれて、明けゆく空いとをかし。はしたなきほどにならぬさきにと、例のいそぎ出でたまひて、軽らかにうち乗せたまへれば、右近ぞ乗りぬる。（夕顔巻159頁）

本文中の「女」とは、この巻のヒロインである夕顔のことである。[1]一般には光源氏との恋愛場面であるが故に、「女」と呼称されていると考えられる。ところで最初にある「いさよふ月」は、その前に「八月十五夜」（155頁）・「暁近くなりにけるなるべし」（同）・「明け方も近うなりにけり」（158頁）と連続して時間の経過描写があり、また直後にも「明けゆく空」（159頁）とあることから、十六日早朝の西に沈みかけた月であることがわかる。同時にその月が出ている時間帯をも意味していると思われるので、いわゆる「十六夜の月」とは全く別物のはずである（一日ずれている）。

ところが、この「いさよふ月」を「十六夜の月」と混同しているものが少なからず存しているのである。例えば手近にある旺文社『古語辞典新版』を見ると、

いさよふつき　→　いさよひのつき

となっており、明らかに両者を混同し同義語と判断しているのである。また三省堂『全訳読解古語辞典』では、

出ようか、あるいは沈もうかとためらっているかのように見える月。または、陰暦十六日の月をいう。

と、前半では日付に拘泥していないものの、後半では「十六夜の月」の同義語としている。

さすがに小学館『古語大辞典』の「いさよふ」の語誌では、

「いさよふ月」を「いさよひの月」と同じで、十六日の夜の月と解する説があるが、当たらない。事実関係はそういうことになる場合があるとしても、「いさよふ月」はあくまでも山の端から出ようとして、あるいは没しようとしてためらう月の意である。〈中略〉源氏物語の「いさよふ月にゆくりなくあくがれむ事を、女は思ひやすらひ」（夕顔）は、西に没しようとしてためらっている、明け方の月をいっているのである。

と明確に論断されている。この点についてもう少し詳しく考察してみたい。

二、「いさよふ」の意味

辞書以外を調べてみたところ、清水婦久子氏が「いさよふ」の用例を詳細に検討されており、その分析において、

・「いさよふ」は常に「十六日以後（十六日とは限らない）の出入りの遅い月」を表す。（410頁）

・夕顔巻の「いさよふ月」は、八月十六日の明け方の月であることに注意したい。（411頁）

などと明記しておられる。(2) この十六日以後とは、十六日の「朝」も含むのであろうか。もしそうなら、十五日夜に出た月（満月）は十六日朝に沈むので、ぎりぎりセーフということになる。

次に最新の中野幸一編『源氏物語の鑑賞と基礎知識⑧夕顔』（至文堂）の「いさよふ」（鑑賞欄）を見たところ、

「いさよふ月」を「いさよひの月」と同じと考え、十六日の夜の月のことであると考える説がある。「十六夜の月」は、陰暦十六日の日没後少し遅れて、ためらうようにして出てくる月のことである。しかし、事実関係としてあてはまる場合があるとしても、「いさよふ月」はあくまでも山の端から出ようとして、あるいは没しようとしてためらう月のことをいうと考えるべきである。ここも十六夜の月ではなく、あくまでも沈みかねている月のことである。（101頁）

と、前述の『古語大辞典』の語誌に依拠したとしか思えない説明が提示されていた。紙数の制限されたこの解説からは、具体的な用例の検討がどの程度なされているのかまではわからない。

なお『歌ことば歌枕大辞典』（角川書店）の「十六夜」項でも、

「いさよふ月」は山の端から出ようとしたり、没しようとしてためらう月をいったもので、特に十六夜月を詠んだものではない。そうした見解は鎌倉時代の顕昭の著作『袖中抄』にすでに見える。

と解説されている。(3)『袖中抄』については後述することとして、ここでは「特に十六夜月を詠んだものではない」という説明に留意しておきたい。要するに「十六夜の月」は、陰暦十六日の夜に出る月のことであって、「十六夜」という日付（限定）が重要なはずである。それに対して「いさよふ月」は、日付からはまったくフリーであり、むしろためらいつつ出るあるいは沈むという、限定された時間帯であることに最も意味があることになる。

三、用例の時差

ここで視点を「十六夜の月」に向けてみたい。古典文学の基礎知識として、何の疑いもなく満月の翌日の月を「十六夜の月」と覚えている人が多いと思われる。ところが「十六夜の月」の初出はなんと『源氏物語』なのであり、それ以前からそう呼ばれていたかどうかは資料的に

実証できない。その初出例とは末摘花巻の二例（一例は和歌）、

Ⅰのたまひしもしるく、十六夜の月をかしきほどにおはしたり。（末摘花巻268頁）

Ⅱもろともに大内山は出でつれど入る方見せぬいさよひの月（末摘花巻272頁）

と、宿木巻の、

Ⅲ十六日の月やうやうさし上がるまで心もとなければ、（宿木巻401頁）

の計三例である。また葵巻の「かの十六夜のさやかならざりし秋のこと」（葵巻54頁）は、光源氏が末摘花を訪れた時の「十六夜の月」（用例ⅠⅡ）を回想していると思われる。(4) もしそうなら葵巻の例は、「十六夜」だけで「十六夜の月」を表したやはり初出例ということになる。(5) ただしここには仮名であった「いさよひ」に「十六夜」と漢字を宛てたことによる混同（誤読）も想定される。

なお「十六夜の月」に限らず、他の月の呼称にもほぼ同様の時代的ずれが存するようである。参考までにそれぞれの初出例を調べてみたところ、

a望月　　『万葉集』・『竹取物語』・『夜の寝覚』・『徒然草』
b立待ち月　『為忠家後度百首』・『新撰和歌六帖』
c居待ち月　『為忠家後度百首』『平家物語』（源平盛衰記）・『実隆公記』
d1寝待ち月　『うつほ物語』・『蜻蛉日記』・『古今六帖』
d2臥待ち月　『源氏物語』・『平治物語』・『拾遺愚草』

のような奇妙な結果になった。(6)『源氏物語』以前に用例が遡れるのは、なんと「望月」と「寝待ち月」の二つだけであった（『万葉集』に「座待月」があるが未詳）。「望月」は単に「望」ともいうが、「六月の望ばかりに」（『伊勢物語』九六段）のように、必ずしも八月十五夜に限定されているわけではない。また「臥待ち月」は『源氏物語』若菜下巻の、

夜更けゆくけはひ冷やかなり。臥待の月はつかにさし出でたる、（若菜下巻194頁）

が初出のようである（紫式部の造語か？）。それに対して「立待ち月」「居待ち月」の二つは、初出が他に比べてかなり遅いことになる（「更待ち月」など用例すら見当たらない）。そうなると

『源氏物語』のみならず、平安朝の作品にこういった一連の月の呼称を適用させることは、時代のずれを無視した行為ということになりかねない。

結

どうやら月の呼称にも、常識の嘘が潜んでいたようである。「十六夜の月」は『源氏物語』が初出（造語？）であり、それ以降もそれほど用例が多くないことをまず押さえておきたい。そのことは順徳院の『八雲御抄』に、「いさよひの月は十六日月也云々是源氏歌故也」と『源氏物語』が典拠とされ、さらに「限十六日之由定家の説也」とそれが定家独自の説であることが明記された上で、「凡不可限十六日歟」と否定されているように、かつては必ずしも十六夜に限った用法ではなかった。しかしながら阿仏尼の『十六夜日記』に、

ゆくりなくも、いさよふ月に誘はれ出でなむとぞ思ひなりぬる。（269頁）

と、夕顔巻の文章が引用されていることで、逆に書名の印象に引きずられて「十六夜の月」と混同され、それが次第に定着していったのかもしれない。(7)

前述の「立待ち・居待ち」などはもっと顕著であり、いくら用例を検索しても『為忠家後度

百首』以降の例しか見つからない。「寝待ち月」については既に『うつほ物語』・『蜻蛉日記』に見られるので、それ以外の表現ももっと古くから存していたと見ることもできなくはない。しかし初出例の時差があまりにも開きすぎているにもかかわらず、辞書や教科書等では月の呼称を全て平面的に並べているのは、必ずしも間違いというわけではないものの、かえって誤解（幻想）を招きやすいのではないだろうか。

むしろ保延元年頃成立とされている『為忠家後度百首』の題に、「伊佐与非月・立待月・居待月・寝待月・廿日月」とあるので、この頃に出揃ったと説明すべきであろう。これを受けて『袖中抄』第十九「いさよふ月」項にも、

はじめには三日月、七八日はかみのゆみはり、十五日をもち月、十六日をばいさよひ、十七日をばたちまち、十八日をばゐまち、十九日をばねまち、廿日をばはつかの月、廿二三日をばしもの弓はり、下旬をばおしなべて在明。（日本歌学大系別巻二311頁）

云々と列挙されている。もちろんこういった類聚は、和歌に詠むための歌題（歌語）として整えられたものであった。(8) その点を忘れてはなるまい。

なお、『能因歌枕』（広本）に「十六日いさよひ　十七日たちまち　十八日ゐまち　十九日ね

まち　廿月よりありあけ」とあることがわかった。成立がどこまで遡るのかわからないが、現在のところこの記事が一番古いようである。これによれば「立待ち・居待ち」の初出がもう少し遡ることになる。

注

（1）「雲隠れ」は死の喩として用いられることも少なくない。仮にこれが比喩的な意味合いを内包している表現だとすると、「にはかに雲がくれ」には夕顔の急死が暗示されていることになる。なお夕顔巻の「いさよふ月」はもともと沈みかけた月なので、雲隠れせずともすぐに山の端に沈むはずである。

（2）清水婦久子氏「「山の端の」歌の解釈」『源氏物語の風景と和歌』（和泉書院）平成12年9月参照。なお清水氏にはより詳しい「源氏物語における「いさよひ」の風景」青須我波良54・平成10年もあるが、どちらの論でも「いさよひの月」と「いさよふ月」を明確に区別されてはいない。

（3）『袖中抄』第十九の「いさよふ月」項では、「顕昭云、いさよふ月とはやすらふ月を云也。去ばすでに山のはより出たる月の、たちのぼりやらぬをも云べし。又出もやらぬを待ほどをも云べし。〈中略〉十六日をいさよひと申は望ののちたちまちのさきにいづる程をやすらふと云心も有べきにや。もち月よりはすこしやすらふこころあるべし」（日本歌学大系別巻二311頁）等と論じられている。これは『万葉集』の「山の端にいさよふ月」表現を意識してのことであろう。

ただしこの説明では夕顔巻の望月の「いさよふ」を説明したことにはならない。

（4）ただし季節は春と秋と相違している。田坂憲二氏「十六夜の月・二十日の月」『源氏物語の人物と構想』（和泉書院）平成5年10月、注（2）清水論文参照。

（5）『古今集』の「君やこむ我やゆかむのいさよひにまきの板戸もささず寝にけり」（六九〇番）の「いさよひ」に「十六夜の月」の意味が掛けられているとする説もある。「いさよひ」に「よひ（宵）」が掛けられていることはわかるが、それ以上は無理ではないだろうか。

（6）主要なことは西丸光子氏「平安時代の文学と月—望月、いざよひの月、立待月、居待月、寝待月—」日本女子大学国語国文学論究2・昭和46年2月で触れられている。

（7）富倉二郎氏「「いさよふ月」と「あちきなきその名」と」国語解釈1—4・昭和11年5月は、これも夕顔巻同様十五夜の月が十六日の暁になったものとしておられる。

（8）これを受けて『千載集』雑部には、「月の歌あまたよみ侍りける時いさよひの月の心をよめる　源仲正」とあって、

はかなくもわが世の更けを知らずしていさよふ月を待ち渡るかな

と詠まれている。ここでは「いさよひの月」が「いさよふ月」に言い換えられていることになる。

出典一覧

第一章　『源氏物語』「時めく」考」同志社女子大学日本語日本文学28・平成28年６月

第二章　『源氏物語』「上衆めく・上衆めかし」考——明石の君論として——」同志社女子大学大学院文学研究科紀要14・平成25年３月

第三章　『源氏物語』「いまめかし」再考——演出された美——」同志社女子大学日本語日本文学18・平成18年６月（嶋谷惇子と共著）

第四章　『源氏物語』「らうたげ」の再検討——光源氏の視点から——」同志社女子大学日本語日本文学19・平成19年６月（伊集院玲奈と共著）

第五章　『源氏物語』夕顔巻の再検討——「ひとりごつ」の意味——」同志社女子大学大学院文学研究科紀要12・平成24年３月

第六章　『源氏物語』「さしつぎ」考——兵部卿宮「ナンバー三」説の再検討——」日本文学論究66・平成19年３月

第七章　『源氏物語』「さだ過ぐ」考」同志社女子大学大学院文学研究科紀要15・平成27年３月

第八章　「「尻かけ」考―『徒然草』の『源氏物語』引用―」同志社女子大学大学院文学研究科紀要15・平成18年3月（常亜蕾と共著）
第九章　「宮中殿舎の幻想を問う―「桐壺」を中心として―」『系図を読む／地図を読む―物語時空論』（勉誠出版叢書想像する平安文学7）平成13年5月
第十章　「源氏ゆかりの地を訪ねて―賀茂例祭と車争い―」『源氏物語の鑑賞と基礎知識9葵』（至文堂）平成12年3月
第十一章　「平安朝の「格子」について―末摘花巻を中心に―」國學院雑誌108―6・平成19年6月
第十二章　『源氏物語』「御簾巻き上げ」考」解釈58―3、4・平成24年4月
第十三章　「「葛城の神」再考」解釈41―6・平成7年6月
第十四章　「「いさよふ月」と「いさよひの月」―『源氏物語』夕顔巻の一考察―」古代文学研究第二次14・平成17年10月

あとがき

今年、私は六十三歳になった。本来ならば還暦記念として六十歳の時に分厚い研究書を出版する予定であった。しかし高価すぎる研究書を出すことにためらいがあったし、研究書としてのまとまりについて逡巡しているうちに、あっという間に三年が経過してしまった。年を取ると時間は早く過ぎるらしい。

このままではいけないと思いなおし、あらためて論をまとめることにした。このところの私の関心は、どうやら源氏物語の特殊表現に向いているようなので、それなら今まで書きためてきた表現に関する論文をまとめさえすれば、選書として十分出版できそうである。その方が内容的なまとまりもあるし、定価もおさえられるはずである。ということで、ささやかながら『源氏物語の特殊表現』が誕生した。三年遅れの還暦記念論文集である。本書の出版を快諾して下さった新典社にお礼申し上げます。

なお本書に掲載しなかったものとして、既に以下のような特殊表現の論が蓄積されている。あわせて参照していただければ幸いである。

1 「源氏物語「その頃」考―続篇の新手法―」國學院大學大学院文学研究科論集6・昭和54年3月
2 「六条御息所と「まことや」」『論集中古文学5源氏物語の人物と構造』（笠間書院）昭和57年5月
3 『源氏物語』の男性美―「「女にて見る」をめぐって―」風俗71・昭和57年6月
4 『宇津保物語』乳主考」『日本文学史の新研究』（三弥井書店）昭和59年1月
5 「「乳付」ノート」風俗80・昭和59年9月
6 「平安朝文学と火事―文学に黙殺された内裏焼亡―」『日本文学の原風景』（三弥井書店）平成4年1月
7 『源氏物語』「二の町」攷」解釈40―10・平成6年10月
8 「「岡辺」のレトリックあるいは明石の君のしたたかさ」解釈41―2・平成7年2月
9 「まま考」『平安朝の乳母達―『源氏物語』への階梯―』（世界思想社）平成7年9月
10 『源氏物語』「窓」攷―帚木巻の用例を中心に―」解釈42―2・平成8年2月
11 「「女にて見る」追考」解釈45―4・平成11年4月
12 「「つら杖」の美」『源氏物語の鑑賞と基礎知識9葵』（至文堂）平成12年3月
13 「「七瀬の祓」の再検討―『源氏物語』と史実―」『論叢源氏物語2―歴史との往還―』（新典

社）平成12年5月
14「「この面かの面」攷―『源氏物語』夕顔巻を起点として―」『古代中世文学論考5』（新典社）平成13年1月日
15『源氏物語』の「移り香」―夕顔巻を起点にして―」同志社女子大学大学院文学研究科紀要1・平成13年3月
16『源氏物語』「手まさぐり」攷―垣間見と琴を中心として―」同志社女子大学大学院文学研究科紀要2・平成14年3月
17『源氏物語』「親王達」考―もう一つの光源氏物語―」『源氏物語の帝』（森話社）平成16年6月
18「「あらは」考」『「垣間見」る源氏物語―紫式部の手法を解析する―』（笠間書院）平成20年7月
19「「かうばし」考」『「垣間見」る源氏物語―紫式部の手法を解析する―』（笠間書院）平成20年7月
20「「追風」考―『源氏物語』の特殊表現―」國學院雑誌109―10・平成20年10月
21『源氏物語』「夜深し」考―後朝の時間帯として―」古代文学研究第二次19・平成22年10月
22「紫式部と源氏文化―若紫巻の「雀」を読む―」『〈紫式部〉と王朝文藝の表現史』（森話社）

平成24年2月

23「嗅覚の「なつかし」―『源氏物語』空蝉の例を起点として―」日本文学論究71・平成24年3月

24「光源氏の「をのこみこ」をめぐって」解釈60―3、4・平成26年4月

吉海　直人（よしかい　なおと）
昭和28年７月、長崎県長崎市生まれ。國學院大學文学部、同大学院博士課程後期修了。博士（文学）。国文学研究資料館文献資料部助手を経て、現在、同志社女子大学表象文化学部日本語日本文学科教授。
主な著書に『源氏物語の乳母学』（世界思想社）平20、『「垣間見」る源氏物語』（笠間書院）平20、『百人一首かるたの世界』（新典社新書）平20、『『住吉物語』の世界』（新典社選書）平23、『百人一首を読み直す』（新典社選書）平23、『百人一首の正体』（角川ソフィア文庫）平28、『『源氏物語』「後朝の別れ」を読む』（笠間選書）平28などがある。

『源《げん》氏《じ》物語《ものがたり》』の特《とく》殊《しゅ》表《ひょう》現《げん》　　新典社選書 82

2017 年２月１日　初刷発行

著　者　吉 海　直 人
発行者　岡 元　学 実

発行所　株式会社　新 典 社

〒101－0051　東京都千代田区神田神保町1－44－11
営業部　03－3233－8051　編集部　03－3233－8052
ＦＡＸ　03－3233－8053　振　替　00170－0－26932

印刷所　惠友印刷㈱　製本所　牧製本印刷㈱

ISBN978-4-7879-6832-6 C1395
http://www.shintensha.co.jp/　E-Mail:info@shintensha.co.jp